Présence du futur/111
Toutes vos étoiles en poche

Le principe du loup-garou

**DU MÊME AUTEUR
DANS LA MÊME COLLECTION**

La croisade de l'idiot
Tous les pièges de la Terre
Une certaine odeur
La réserve des lutins
A chacun ses dieux
A pied, à cheval et en fusée
Les enfants de nos enfants
Le dernier cimetière
Le pèlerinage enchanté
La planète de Shakespeare
Héritiers des étoiles

CLIFFORD D. SIMAK

Le principe du loup-garou

roman traduit de l'américain
par Simone Hilling

DENOËL

Titre original :

THE WEREWOLF PRINCIPLE
G. P. Putman's Sons, New York.

*En application de la loi du 11 mars 1957,
il est interdit de reproduire intégralement ou partiellement
le présent ouvrage sans l'autorisation de l'éditeur
ou du Centre français d'exploitation du droit de copie.*

© 1967, by Clifford D. Simak
et pour la traduction française :
© by Éditions Denoël, 1968
73-75, rue Pascal, 75013 - Paris
ISBN 2-207-50111-6
B 50111-8

CHAPITRE PREMIER

La créature s'arrêta, tapie sur le sol, fixant devant elle les minuscules points lumineux qui brillaient doucement dans l'obscurité.

La créature gémit, effrayée et mal à l'aise.

Le monde était beaucoup trop chaud et humide, l'obscurité, trop épaisse. Les plantes étaient trop nombreuses et trop grandes. L'atmosphère était violemment agitée, et la végétation emplissait l'air de gémissements d'agonie. Au loin, il y avait comme de vagues flamboiements, ou éclatements de lumière, qui pourtant n'éclairaient pas la nuit, et, plus loin encore, quelque chose se plaignait en longs grondements sourds. Et il y avait de la vie, plus de vie qu'aucune planète n'était en droit d'avoir, — mais une vie inférieure et stupide, qui parfois ne dépassait pas un niveau d'existence purement végétative, petits amas de matière n'ayant d'autre pouvoir que celui de réagir faiblement à certains stimuli.

La créature se dit que, peut-être, elle n'aurait pas dû faire tant d'efforts pour s'évader. Peut-être aurait-elle dû se contenter de rester en ce lieu sans nom où il n'y avait pas eu d'existence, où il n'y avait ni sentiment ni mémoire d'exister, mais la certitude, tirée on ne sait d'où, qu'il y avait un tel état d'existence. Cette certitude, plus quelques éclairs d'intelligence et des bribes d'informations décousues, l'avait fortifiée dans les combats qu'elle avait livrés pour s'échapper, pour devenir un agent autonome, pour savoir où elle se trouvait, et apprendre pourquoi elle y était et par quels moyens elle y était venue.

Alors ?

Tapie, elle gémissait.

Comment pouvait-il y avoir tant d'eau en un même endroit ? Et tant de végétation, et une agitation si tumultueuse des éléments ? Comment pouvait-il exister un monde si sale, un monde d'une malpropreté si extravagante ? Et tant d'eau de tous côtés, c'était sacrilège, de l'eau qui coulait en ruisseau au bas de cette pente, qui stagnait en mares et en flaques à même le sol. Et même présente dans l'atmosphère, dont elle remplissait l'air de minuscules gouttelettes.

Qu'est-ce que c'était que cette matière attachée autour de son cou, qui lui couvrait le dos et traînait sur le sol et claquait dans le vent ? Une protection quelconque ? C'était bien improbable. Avant, elle n'avait jamais eu besoin de protection d'aucune sorte. Son manteau de fourrure argentée lui suffisait.

Avant ? se dit-elle. Avant quoi et quand ? Elle fit un violent effort pour penser au passé, et il se leva en elle l'image presque effacée d'un pays de cristal, à l'air froid et sec, saupoudré de neige et de sable, au ciel illuminé d'innombrables étoiles, et à la nuit aussi claire que le jour, où rayonnait l'éclat doux et doré de plusieurs lunes. Et elle eut le souvenir flou et estompé de plongées dans les profondeurs de l'espace pour moissonner les secrets des étoiles.

Mais était-ce un souvenir, ou une fantaisie née de

ce lieu sans nom d'où elle s'était évadée ? Il n'y avait aucun moyen de le savoir.

La créature propulsa en avant une paire de bras, ramassa la matière qui traînait sur le sol et la tint serrée dans ses bras. L'eau en dégoulina et tomba en petites gouttes dans les flaques qui s'étalaient sur le sol.

Ces points de lumière devant elle ? Ce n'était pas des étoiles, car ils brillaient trop près du sol, et, de toute façon, il n'y avait pas d'étoiles. Et ça, c'était impensable, car il y avait toujours des étoiles.

Prudemment, la créature tendit son esprit en direction des points de lumière. Il y avait là-bas autre chose que de la lumière, comme un fond minéral. Avec précaution, elle sonda ce fond, et conclut qu'un bloc minéral se dressait à cet endroit, de forme trop régulière pour être d'origine naturelle.

Au loin, les grondements démentiels continuaient, et les éclats de lumière, comme terrorisés, continuaient à sillonner le ciel.

Elle se demanda si elle devait éviter les lumières et les contourner. Ou avancer droit sur elles pour savoir ce qu'elles étaient. Ou peut-être, revenir en arrière, en un effort pour retrouver ce vide d'où elle s'était évadée. Bien qu'il n'y ait aucun moyen de savoir, maintenant, où cet endroit se trouvait. Quand elle s'était échappée, l'endroit avait disparu. Et depuis, elle avait fait du chemin.

Et où étaient passés les deux autres, qui, avec elle, habitaient ce néant ? S'étaient-ils aussi évadés, ou étaient-ils restés en arrière, ayant perçu l'altérité angoissante du monde qui s'étendait au-dehors ? Et s'ils ne s'étaient pas évadés, où pouvaient-ils bien être, en ce moment ?

Et pas seulement où. Qui étaient-ils ?

Pourquoi n'avaient-ils jamais répondu ? D'ailleurs, avaient-ils entendu la question ? Peut-être, en cet endroit sans nom, les conditions n'étaient-elles pas favorables pour poser des questions ? Etrange, pensa la créature, d'occuper un même espace avec deux autres êtres, d'avoir le même sens d'une existence possible, et d'être dans l'impossibilité de communiquer avec eux.

En dépit de la chaleur de la nuit, la créature frissonna, tout au fond d'elle-même.

Elle se dit qu'elle ne pouvait pas rester là. Elle ne pouvait pas errer sans fin. Elle devait trouver un abri. Mais elle n'arrivait pas à imaginer où elle pourrait trouver un abri dans un monde aussi démentiel.

Elle s'ébranla lentement, incertaine d'elle-même, incertaine de la direction à prendre, incertaine de ce qu'il fallait faire.

Les lumières ? se dit-elle. Fallait-il déterminer ce qu'elles étaient, ou fallait-il...

Le ciel explosa. Le monde fut rempli d'une brillance bleuâtre. La créature, aveuglée, tous les sens anéantis, recula d'horreur, et un cri strident transperça son cerveau figé. Puis, le cri cessa, et la lumière avait disparu, et elle se retrouva dans le lieu sans nom.

CHAPITRE II

La pluie frappait Andrew Blake en plein visage, et la terre tremblait sous les éclats assourdissants du tonnerre, tandis que de grandes masses atmosphériques semblaient se ruer l'une sur l'autre, juste au-dessus de sa tête. L'air sentait l'ozone, et une boue froide lui giclait entre les orteils.

Comment était-il arrivé là, — en pleine tempête, sans rien pour se protéger, avec une robe dégoulinante d'eau, et pieds nus ?

Il était sorti, après dîner, pour contempler la tempête qui faisait rage, à l'ouest, au-dessus des montagnes — et une seconde plus tard, voilà qu'il se retrouvait au milieu de cette même tempête. Du moins, espérait-il que c'était la même.

Le vent mugissait dans un bouquet d'arbres, et, du bas de la pente sur laquelle il se trouvait, lui parvenait un bruit d'eau courante, et, au-delà du cours d'eau, les fenêtres éclairées d'une maison.

Sa maison, peut-être ? pensa-t-il, perplexe. Pourtant, près de sa maison, il n'y avait ni pente ni cours d'eau.

Il y avait des arbres, mais pas autant, et il y avait d'autres maisons.

Il leva la main et se frotta la tête avec perplexité, et l'eau qui sortit de ses cheveux lui inonda le visage.

La pluie, qui s'était calmée un moment, reprit de plus belle, et il se tourna vers la maison. Ce n'était pas sa maison, sans doute, mais c'était une maison, et il y aurait bien quelqu'un pour lui dire où il était et...

Lui dire où il était ! C'était insensé ! Une seconde plus tôt il regardait de son patio, les nuages menaçants et il ne pleuvait pas.

Il devait rêver. Ou être la proie d'une hallucination. Mais la pluie qui le flagellait n'était pas une pluie de rêve, l'odeur de l'ozone flottait encore dans l'air, — et qui n'avait jamais fait un rêve où flottait une odeur d'ozone ?

Il se mit à marcher vers la maison, et, comme il avançait le pied droit, il heurta quelque chose de dur, et une douleur fulgurante lui déchira le pied et la jambe.

Fou de douleur il secoua son pied en l'air, sautillant sur une jambe. La douleur finit par se concentrer dans le gros orteil, déchiré d'élancements féroces.

Le pied sur lequel il se tenait en équilibre glissa et il heurta violemment la terre en faisant jaillir une gerbe de boue. Il se retrouva assis sur le sol humide et froid.

Il ne se releva pas. Il replia sa jambe au pied blessé, et tâta son pouce à l'aveuglette, — doucement, tendrement.

Ce n'était pas un rêve, il le savait. Dans un rêve, un homme n'aurait pas la bêtise de se cogner le pied.

Quelque chose était arrivé. Quelque chose, en une seconde, l'avait transporté, inconscient, à des kilomètres de son patio. Quelque chose l'avait transporté, et déposé au milieu de la pluie et du tonnerre, et dans une nuit si noire que ses yeux n'arrivaient pas à la percer.

De nouveau, il tâta son pouce. Il lui faisait un peu moins mal.

Il se leva prudemment, et posa son pied blessé par terre. En marchant sans plier le genou, les pieds un peu écartés et l'orteil levé, il pouvait se servir de sa jambe.

A tâtons, boitant et glissant dans la boue, il descendit péniblement la colline, traversa le ruisseau dont l'eau lui arrivait à la cheville, puis se mit à gravir la pente qui menait à la maison.

Des éclairs zébraient l'horizon, et pendant quelques instants, la maison se silhouetta contre le ciel illuminé, bloc massif, avec de lourdes cheminées, et des fenêtres profondément enfoncées dans la pierre, comme des yeux.

Une maison de pierre, pensa-t-il. Quel anachronisme !

Il se heurta à une clôture, mais sans se faire mal, car il avançait lentement. Il la suivit à tâtons, et arriva à un portail. Au-delà, brillaient trois petits rectangles de lumière qui marquaient ce qu'il pensait être une porte.

Il sentit une allée de pierres plates sous ses pieds, et il la suivit. En approchant de la porte, il ralentit et n'avança plus qu'en traînant les pieds. Il y avait peut-être des marches, et un pied blessé lui suffisait.

Il y avait bien des marches. C'est son orteil encore douloureux qui les heurta le premier, et il s'arrêta un moment, raidi et frissonnant, serrant les dents, attendant que la douleur se calme un peu.

Puis il monta les marches et trouva la porte. Il chercha le signal, mais il n'y avait pas de signal, — pas même une cloche ou un bouton de sonnette. Il continua à chercher et trouva le heurtoir.

Un heurtoir ? Bien sûr, pensa-t-il, une telle maison ne pouvait avoir qu'un heurtoir. Une maison qui remontait si loin dans le passé...

Il se sentit envahir par la panique. Pas dans l'espace, mais dans le temps, se demanda-t-il. Avait-il été transporté (s'il était vrai qu'il avait été transporté), non pas dans l'espace, mais dans le temps ?

Il souleva le heurtoir et frappa un grand coup. Il attendit. Rien ne bougea. Il frappa de nouveau.

Des pas crissèrent derrière lui, un cône de lumière fouilla l'obscurité et s'arrêta sur lui. Il pivota sur lui-même, et l'œil rond et immobile de la lampe l'aveugla. Derrière la lumière, il percevait vaguement la silhouette d'un homme, comme une ombre plus sombre qui se dessinait sur l'obscurité de la nuit.

Derrière lui, la porte s'ouvrit brusquement, la lumière de la maison illumina la scène, et il vit l'homme qui tenait la lampe électrique ; il portait un kilt et une jaquette en peau de mouton, et, dans son autre main, quelque chose à l'éclat métallique qui devait être un fusil.

L'homme qui avait ouvert la porte demanda sèchement :

— Qu'est-ce qui se passe ici ?

— C'est quelqu'un qui essaye d'entrer, Monsieur le Sénateur, dit l'homme à la lampe électrique. Il a dû s'arranger pour se glisser dans le parc sans que je le voie.

— Vous ne l'avez pas vu, dit le sénateur, parce que vous étiez caché quelque part, à l'abri de la pluie. S'il faut absolument que vous jouiez aux gardes, mes gaillards, vous feriez bien de garder comme il faut.

— Il faisait nuit, protesta le garde, et il s'est glissé sans que je le voie...

— Je ne crois pas qu'il se soit glissé en cachette, dit le sénateur. Il est entré, tout simplement, il a frappé. S'il avait essayé d'entrer sans éveiller l'attention, il ne se serait pas servi du heurtoir. Il est entré, comme n'importe quel citoyen, et vous ne l'avez pas vu.

Lentement, Blake se tourna vers l'homme qui se tenait sur le pas de la porte.

— Excusez-moi, Monsieur, dit-il. Je ne savais pas. Je ne voulais pas faire d'esclandre. J'ai vu la maison...

— Et ce n'est pas tout, Monsieur le Sénateur, intervint le garde. Il se passe des choses bizarres, ce soir. Tout à l'heure, j'ai vu un loup...

— Il n'y a pas de loups par ici, dit le sénateur. Il n'y a pas de loups du tout. Il n'y en a plus depuis plus de cent ans.

— Mais j'en ai vu un, gémit le garde. Il y a eu des éclairs, et je l'ai vu, sur la colline, de l'autre côté du ruisseau.

Le sénateur dit à Blake :

— Avec cette querelle, je vous laisse debout, excusez-moi. Ce n'est pas une nuit à être dehors.

— Je crois que je me suis perdu, dit Blake, en faisant un effort pour ne pas claquer des dents. Si vous pouvez me dire où je suis et me montrer le chemin...

— Eteignez-moi cette lampe, dit le sénateur au garde, et retournez à votre travail.

La lampe s'éteignit.

— Des loups, et quoi encore ! s'exclama le sénateur, excédé.

Puis, à Blake :

— Donnez-vous la peine d'entrer.

Blake entra, et le sénateur referma la porte derrière lui.

Blake regarda autour de lui. Il était dans un grand hall de chaque côté duquel s'ouvraient de hautes portes ; par l'une d'elles, on apercevait un feu qui flambait dans une grande cheminée de pierre. La pièce était encombrée de sièges massifs, recouverts de tissus imprimés aux couleurs éclatantes.

Le sénateur se retourna et s'arrêta devant lui pour le regarder.

— Je m'appelle Andrew Blake, dit Blake, et j'ai bien l'impression que je suis en train de salir votre plancher.

L'eau dégoulinant de sa robe avait formé de petites

flaques sur le sol, et ses pieds nus avaient laissé derrière lui de larges empreintes mouillées.

Le sénateur était un homme grand et mince, aux cheveux blancs très courts, et à la moustache argentée, sous laquelle s'ouvrait une bouche bien fendue, aux lèvres fermes, qui lui donnait l'air décidé. Il portait une robe blanche bordée d'une grecque pourpre.

— Vous êtes crotté comme un barbet, dit le sénateur, si vous me permettez d'employer cette expression. Et vous avez perdu vos sandales.

Il se retourna, ouvrit une porte, découvrant un placard rempli de vêtements. Il en tira une robe brune en tissu épais.

— Tenez, dit-il en la tendant à Blake. Ça devrait vous aller. C'est de la laine véritable. Vous devez avoir froid.

— Un peu, dit Blake, qui, à force de serrer les dents pour les empêcher de s'entrechoquer, avait les mâchoires douloureuses.

— La laine vous réchauffera, dit le sénateur. On n'en voit pas souvent. Il n'y a plus que des tissus synthétiques. C'est un vieux fou d'Ecossais qui m'en procure. Il pense comme moi, — qu'il est bon de ne pas perdre le contact avec la nature.

— Je suis sûr que vous avez raison, dit Blake.

— Regardez cette maison, dit le sénateur. Elle a plus de trois cents ans, et elle est encore aussi solide qu'au premier jour. Mais c'est de la bonne pierre et du vrai bois. Bâtie par de vieux artisans...

Il regarda Blake d'un air incisif.

— Mais je suis là à pérorer, pendant que vous gelez lentement sur pied. Montez l'escalier à droite. Première porte à gauche. C'est ma chambre. Vous trouverez des sandales dans le placard. Je suppose que vos sous-vêtements sont trempés...

— C'est probable, dit Blake.

— Vous trouverez tout ce qu'il vous faut dans la

commode. La salle de bains est à droite en entrant. Ça vous fera du bien de prendre un bain chaud. Pendant ce temps, Elaine nous fera un bon café, et j'ouvrirai une bouteille de whisky.

— Ne vous dérangez pas pour moi, dit Blake. Vous avez déjà trop fait...

— Rien de plus normal, dit le sénateur. Je suis content que vous soyez là.

La robe de laine sur le bras, Blake grimpa l'escalier, et ouvrit la première porte à gauche. Par la porte de droite entrebâillée, il voyait briller doucement l'émail blanc de la baignoire. Ce bain chaud, c'était une bonne idée, après tout, pensa-t-il.

Il entra dans la salle de bains, pendit la robe brune à une patère, enleva sa robe crottée et la jeta par terre.

Eberlué, il se regarda. Il était nu comme un ver. Il avait perdu son caleçon. Mais où et quand ?

CHAPITRE III

Quand Blake redescendit, le sénateur l'attendait dans la pièce où flambait le feu de cheminée. Il était confortablement installé dans un fauteuil, sur le bras duquel était perchée une jeune femme aux cheveux noirs.

— Eh bien ! jeune homme, comment vous sentez-vous ? dit le sénateur. Vous m'avez dit votre nom, mais j'ai bien peur de l'avoir oublié.

— Je m'appelle Andrew Blake.

— Excusez-moi, dit le sénateur. Ma mémoire n'est plus ce qu'elle était autrefois. Je me présente, Chandler Horton, et voici ma fille, Elaine. D'après les paroles de cet imbécile de garde, vous avez sûrement compris que je suis sénateur.

— Très honoré de faire votre connaissance, sénateur, dit Blake. Miss Elaine, charmé de vous rencontrer.

— Blake ? dit la jeune fille. J'ai entendu ce nom-là quelque part. Il n'y a pas longtemps. Dans quel domaine êtes-vous célèbre ?

— Dans aucun, dit Blake.

— Mais vous avez été dans tous les journaux. Et on

vous a vu au dimensino, — dans les nouvelles. Ah, je sais ! Vous êtes l'homme qui revient des étoiles...

— Pas possible, dit le sénateur en se soulevant légèrement dans son fauteuil. C'est passionnant. M. Blake, prenez donc ce fauteuil. Très confortable, et près du feu, c'est la place d'honneur, en quelque sorte.

— Papa, dit Elaine à Blake, a tendance à être très cérémonieux, et même un peu vieux jeu quand il y a des visites. Il ne faut pas lui en vouloir.

— Le sénateur est un hôte parfait, dit Blake.

Le sénateur sortit un flacon et des verres.

— Vous vous souvenez, dit-il, que je vous ai promis un whisky.

— Et, dit Elaine, ne manquez pas d'en faire l'éloge. Même s'il vous décape l'estomac. Le sénateur se pique d'être connaisseur en whisky. Et si vous voulez du café, vous en aurez. J'ai démarré l'autochef...

— L'autochef remarche ? demanda le sénateur.

Elaine secoua la tête.

— Pas vraiment. Il a fait du café, comme je le voulais, — plus des œufs au bacon.

Elle regarda Blake.

— Vous voulez des œufs au bacon ? Ils doivent être encore chauds.

Il secoua la tête.

— Non, merci.

— Il y a des années, dit le sénateur, que cet engin n'en fait qu'à sa tête. Pendant une certaine période, quoi que ce soit que vous demandiez, il servait toujours du rosbif saignant.

Il distribua les verres et se rassit.

— Voilà pourquoi j'aime cette maison. Elle est sans complications. Elle a été construite il y a trois cents ans par un homme qui avait le sens de la dignité, et qui l'a harmonisée au paysage en utilisant des pierres et des arbres du pays. Sa maison ne fait pas tache dans le paysage, elle s'y fond. Et, à part l'autochef, elle ne comporte pas un seul gadget.

— Nous sommes vieux jeu, dit Elaine. J'ai toujours pensé que vivre dans une maison pareille était à peu près la même chose que, pour un homme du XXᵉ siècle, par exemple, vivre dans une hutte de tourbe.

— Pourtant, cela a un certain charme. Et cela vous donne une impression de sécurité et de solidité, dit Blake.

— Vous avez raison, dit le sénateur. Ecoutez le vent qui s'essouffle contre les murs. Ecoutez la pluie qui tambourine sur le toit.

Il fit tourner son whisky dans son verre.

— Bien sûr, elle ne vole pas, dit-il, et elle ne vous parle pas. Mais qui a besoin d'une maison qui vole et...

— Papa ! dit Elaine.

— Excusez-moi, Monsieur, dit le sénateur. J'ai mes dadas, j'aime en parler, et quelquefois, je me laisse emporter trop loin, — parfois même jusqu'à l'impolitesse. Ainsi, ma fille dit qu'elle vous a vu au dimensino.

— Bien sûr, papa, dit Elaine. Tu ne fais jamais attention. Tu es tellement absorbé par les débats sur la biotechnique, que tu ne fais attention à rien.

— Mais ces débats sont très importants, ma chérie, dit le sénateur. La race humaine devra décider avant longtemps ce qu'il convient de faire de toutes ces planètes que nous découvrons. Et je maintiens qu'il faut être fou à lier pour avoir l'intention de les terraformer. Pense seulement au temps que ça prendrait et à l'argent que ça engloutirait.

— A propos, dit Elaine, j'ai oublié de te dire que maman a téléphoné. Elle ne rentrera pas ce soir. A cause de la tempête, elle reste à New York.

Le sénateur approuva d'un grognement.

— Très bien. Ce n'est pas une nuit à voyager. Et Londres ? Ça lui a plu ?

— Elle a aimé la représentation.

— Music-hall, expliqua le sénateur à Blake. Un genre de spectacle oublié qu'ils ressuscitent. C'est très primitif, d'après ce que j'ai compris. Mais ça passionne ma femme. C'est le genre artiste.

— C'est affreux ce que tu dis là, dit Elaine.

— Pas du tout, dit le sénateur. C'est la vérité. Mais revenons à la biotechnique. Peut-être avez-vous des idées là-dessus, M. Blake ?

— Non, dit Blake, je n'en ai pas. J'ai un peu perdu le contact.

— Perdu le contact ? Ah oui, bien sûr. Cette histoire d'étoiles. Je me souviens maintenant. Vous étiez dans une capsule spatiale, si j'ai bonne mémoire, et vous avez été trouvé par des prospecteurs d'astéroïdes. C'était dans quelle région du ciel ?

— Dans le voisinage d'Antarès. Une toute petite étoile qui n'a même pas de nom, juste un numéro. Mais je ne me souviens de rien. Ils ont attendu d'arriver à Washington pour me ranimer.

— Et vous ne vous souvenez de rien ?

— De rien, dit Blake. En ce qui me concerne, ma vie a commencé il y a moins d'un mois. Je ne sais pas qui je suis ou...

— Mais vous avez un nom.

— Simple commodité, dit Blake. Je l'ai choisi au hasard. J'aurais aussi bien pu choisir John Smith. Il paraît qu'un homme doit avoir un nom.

— Mais, si je me souviens bien, vous avez des connaissances générales.

— Oui, — et ce n'est pas le moins curieux. Des connaissances sur la Terre, sa population et ses coutumes, mais, sous bien des rapports, ces connaissances sont désespérément archaïques. Je marche de stupéfaction en stupéfaction. Je me heurte à des coutumes, à des croyances, à des mots que j'ignore complètement.

Elaine dit doucement :

— Ne vous croyez pas obligé d'en parler. Nous ne voulons pas vous forcer.

— Ça ne fait rien, dit Blake. J'ai accepté ma situation. Elle est très étrange, mais je saurai peut-être un jour. Ça me reviendra peut-être, — qui je suis, d'où je viens, de quelle époque je reviens. Et ce qui est arrivé là-haut. Pour le moment, vous comprendrez facilement que je me sente désorienté. Pourtant, tout le monde a été très gentil avec moi. On m'a donné une maison. Et personne ne me dérange. C'est dans un petit village...

— Quel village ? demanda le sénateur. Tout près d'ici, je suppose.

— Je n'en ai aucune idée, dit Blake. Il m'est arrivé quelque chose d'étrange. Je ne sais pas où je suis. Le village s'appelle Middleton.

— C'est un peu plus bas dans la vallée, dit le sénateur. A peine à huit kilomètres d'ici. Nous sommes voisins.

— Je suis sorti après dîner, dit Blake. J'étais dans le patio et je regardais les montagnes. Une tempête se formait. Il y avait de gros nuages noirs, des éclairs, mais encore loin. Et puis, tout d'un coup, je me suis retrouvé sur la colline en face de cette maison, il pleuvait, et j'étais trempé...

Il s'arrêta, et posa doucement son verre au bord de l'âtre. Son regard allait de l'un à l'autre.

— C'est ce qui s'est passé, dit-il. Je sais bien que ça a l'air insensé.

— Ça a l'air impossible, dit le sénateur.

— Je n'en doute pas, dit Blake. Mais il n'y a pas que l'espace, qui est en cause, il y a aussi le temps. Non seulement je me suis retrouvé à plusieurs kilomètres de chez moi, mais en pleine nuit. Or, quand je suis sorti dans le patio, le crépuscule commençait à peine à tomber.

— Je suis désolé que cet imbécile de garde vous ait appréhendé, dit le sénateur. Le choc a déjà dû être assez violent, de vous retrouver ici. Je ne demande pas de gardes, je n'en désire même pas. Mais Genève insiste pour que tous les sénateurs aient des gardes du corps. Je ne sais pas exactement pourquoi. Je suis sûr que personne n'est avide de verser notre sang. Après tant d'années, la Terre est quand même à peu près civilisée.

— Il y a cette histoire de biotechnique, dit Elaine. Les esprits sont surchauffés.

— Pourtant, dit le sénateur, il ne s'agit que du choix d'une politique, et rien de plus. Il n'y a aucune raison...

— Mais si, dit-elle. Tous les fanatiques de la Ceinture Biblique, tous les ultra-conservateurs, tous les esprits conventionnels et puritains n'en veulent à aucun prix.

Elle se tourna vers Blake.

— Croiriez-vous, dit-elle, que le sénateur, qui vit dans une maison vieille de trois cents ans et se vante de ce qu'elle ne contienne aucun gadget...

— L'autochef, intervint le sénateur, tu oublies l'autochef.

Elle ignora l'interruption.

— ... et se vante de ce qu'elle ne contienne aucun gadget, croiriez-vous qu'il est le porte-drapeau de toutes les têtes brûlées, des archiprogressistes, de l'extrême avant-garde ?

Le sénateur lança :

— Il n'y a rien d'archiprogressiste là-dedans. C'est une simple question de bon sens. Terraformer une seule planète nous coûterait des trillions de dollars. Pour un prix beaucoup plus raisonnable, et en un temps beaucoup plus court, nous pouvons fabriquer une race humaine capable de vivre sur cette même planète. Au lieu de transformer la planète pour l'adapter à l'homme, nous transformons l'homme pour l'adapter à la planète...

— Voilà le hic, dit Elaine. Et c'est bien ce que tes adversaires te reprochent. Changer l'homme, — c'est là que le bât les blesse. Parce qu'à la fin, cette chose qui vivrait sur cette autre planète ne serait plus un homme.

— Cela n'en aurait peut-être pas l'apparence, dit le sénateur, mais ce serait quand même un homme.

Elle dit à Blake :

— Ne croyez pas que je sois contre le sénateur. Mais il y a des moments où il est très difficile de lui faire comprendre la force de ses adversaires.

— Ma fille joue l'avocat du diable, dit le sénateur, et il y a des moments où c'est très utile. Mais pas dans les circonstances présentes. Je connais parfaitement l'acharnement de l'opposition.

Il saisit le flacon.

Blake secoua la tête.

— Si c'est possible, j'aimerais rentrer chez moi. La soirée a été dure.

— Vous pouvez passer la nuit ici.

— Merci, Sénateur, mais si c'est possible...

— Bien sûr, dit le sénateur. L'un des gardes vous ramènera. Il vaut mieux prendre la voiture terrestre. Le temps ne convient pas pour le flotteur.

— Je vous remercie.

— Cela donnera à l'un des gardes l'occasion de se rendre utile, dit le sénateur. Et sur la route, il n'aura pas l'occasion de voir des loups. A propos, vous n'avez pas vu un loup en arrivant ?

— Non, dit Blake, je n'ai pas vu de loup.

CHAPITRE IV

Debout près de la fenêtre, Michael Daniels regardait les équipes qui amenaient les maisons dans le quartier de Riverside, de l'autre côté du boulevard. Les sombres blocs des fondations luisaient doucement dans la nuit, et, cinq cents mètres plus loin, les eaux du Potomac semblaient un miroir métallique qui reflétait les feux d'atterrissage.

Lentement, une par une, les maisons descendaient lourdement du ciel nuageux, planaient un moment au-dessus des fondations qui leur étaient assignées, puis venaient y ajuster leurs grilles d'atterrissage.

Des malades qui rentraient, pensa Daniels. Ou, peut-être, des employés de l'hôpital qui revenaient de vacances. Ou d'autres, sans liens avec l'hôpital, ni malades, ni employés. La ville était surpeuplée, à cause des débats sur la biotechnique qui devaient commencer dans un ou deux jours. L'espace était mesuré, et on casait les maisons migrantes partout où on le pouvait.

Loin au-delà du fleuve, quelque part au-dessus de la Virginie, un vaisseau se dirigeait vers l'aéroport spatial, ses feux estompés par le brouillard et la bruine.

Tout en le suivant du regard, Daniels se demandait de quelle étoile il revenait. Et combien de temps il était resté loin de la Terre. Il eut un petit sourire triste. Ces questions, il se les posait toujours, — séquelles de son enfance, pendant laquelle il était fermement déterminé à aller quelque jour dans les étoiles.

Mais en cela, il n'avait rien d'exceptionnel, il le savait. A l'heure actuelle, tous les enfants rêvaient d'aller dans les étoiles.

Les gouttelettes de bruine dégoulinaient sur les vitres lisses qu'elles couvraient de dessins compliqués, et, au-delà des fenêtres, les maisons continuaient à planer, remplissant les rares fondations encore libres. Quelques voitures terrestres glissaient sans heurts le long du boulevard, et les coussins d'air sur lesquels elles se déplaçaient soulevaient des gerbes d'eau sur le sol humide. Le temps était trop mauvais pour les flotteurs, pensa-t-il.

Il aurait dû rentrer chez lui. Il y avait longtemps qu'il aurait dû partir. Maintenant, les enfants seraient couchés, mais Cheryl l'attendrait.

A l'est, à l'extrême limite de son champ visuel, il voyait luire par réflection la blancheur fantomatique du mât érigé en l'honneur des premiers astronautes, qui, cinq cents ans plus tôt, avaient été placés sur orbite autour de la Terre, au moyen de fusées primitives à réaction chimique.

Il pensa à Washington, avec ses bâtiments qui tombaient en poussière et ses monuments de marbre et de granit, mais tout auréolés de légende, et dont la pierre et le métal étaient patinés d'anciens souvenirs et nimbés de l'aura qu'elle gardait de son ancienne puissance. Autrefois capitale nationale d'une ancienne république, elle n'était plus que le siège d'un gouvernement provincial, mais elle semblait encore se draper dans le manteau royal de sa grandeur passée.

Et elle était encore plus belle, pensa-t-il, par une nuit comme celle-ci, douce et humide, où ses fantômes semblaient reprendre vie dans une atmosphère irréelle.

La vie nocturne de l'hôpital remplissait la pièce de bruits étouffés, — les pas légers d'une infirmière dans le corridor, le roulement bien huilé d'un chariot, le bourdonnement sourd d'une sonnette dans la salle de l'autre côté du couloir.

Derrière lui, quelqu'un ouvrit la porte. Daniels se retourna.

— Bonsoir, Gordy, dit-il.

Gordy Barnes, un de ses patients, lui sourit.

— Je pensais que vous seriez parti, à cette heure-là, dit-il.

— J'allais partir. Je jetais un coup d'œil sur ce dossier.

Il montra la table au centre de la pièce.

Barnes ramassa les papiers et les parcourut d'un coup d'œil.

— Andrew Blake, dit-il. Un cas bien mystérieux.

Perplexe, Daniels secoua la tête.

— Plus que mystérieux, dit-il. Tout simplement impossible. Quel âge donneriez-vous à Blake, à le voir ?

— Pas plus de trente ans, Mike. Bien sûr, en tenant compte de la chronologie, nous savons tous qu'il a dans les deux cents ans.

— Mais chez un homme de trente ans, vous vous attendez à trouver des symptômes de vieillissement, n'est-ce pas ? Le corps commence à se détériorer dès qu'on a passé vingt ans. A partir de là, c'est une courbe descendante qui conduit à la vieillesse.

— Je sais, dit Barnes. Mais pas chez Blake, je suppose.

— Il est parfait, dit Daniels. C'est un spécimen parfait. La jeunesse même. Mieux que la jeunesse. Pas un défaut, pas une faiblesse.

— Et rien qui indique qui il est ?

Daniels secoua la tête.

— L'administration spatiale a passé tous les dossiers au peigne fin. On peut choisir entre plusieurs milliers de personnes. Durant les deux derniers siècles, plusieurs douzaines de vaisseaux ont été portés disparus. Ils sont partis, et on n'a plus jamais entendu parler d'eux. Il peut être n'importe quel passager d'un de ces vaisseaux.

— Mais quelqu'un a pris la peine de le réfrigérer, et de le mettre dans la capsule. Est-ce que cela ne constitue pas un indice ?

— Vous pensez à quelqu'un d'assez important pour qu'on coure la chance de le sauver ?

— Quelque chose comme ça.

— Ça ne tient pas debout, dit Daniels. Même si c'était le cas, la difficulté reste entière. Lancez un homme dans l'espace, et quelles chances avez-vous de le retrouver ? Un milliard contre une ? Un trillon contre une ? Je ne sais pas. C'est vaste, l'espace, et vide.

— Mais on a retrouvé Blake.

— Oui, je sais. Sa capsule flottait dans un système solaire colonisé il y a moins de cent ans, et un groupe de prospecteurs d'astéroïdes l'a trouvée. Elle avait été satellisée par un astéroïde, ils l'ont vue briller dans le soleil, et ils se sont posé des questions. Ça brillait trop. Ils rêvaient d'un diamant monstrueux, ou d'autre chose du même genre. Quelques années de plus, et il se serait écrasé sur l'astéroïde. Et maintenant, essayez de calculer les probabilités.

Barnes reposa le dossier sur la table et rejoignit Daniels près de la fenêtre.

— Je suis d'accord avec vous, dit-il. Ça ne tient pas debout. Et la chance travaille pour lui. Même après qu'on l'eut trouvé, quelqu'un aurait pu ouvrir la capsule. Ils savaient qu'elle contenait un homme. La capsule était transparente, on le voyait. Quelqu'un aurait pu avoir l'idée délirante d'essayer de le dégeler et de le ressusciter. Cela aurait pu en valoir la peine. Qui sait, il aurait pu être détenteur d'informations précieuses pour eux.

— Pour ça, ils auraient été servis, dit Daniels. Voici

autre chose : l'esprit de Blake était absolument vierge, à part certaines connaissances humaines très générales, — mais qu'on ne peut justement acquérir que sur la Terre. Il a l'apparence, le langage et l'instruction d'un homme qui aurait vécu il y a deux cents ans. Mais c'est tout. Pas le moindre souvenir de ce qui a pu lui arriver, de l'endroit d'où il vient, ni de son identité.

— Il n'y a aucun doute sur son origine terrienne ? Il ne vient pas d'une de nos colonies stellaires ?

— Aucun doute. Tout de suite après sa réanimation, il savait ce qu'était Washington, et où elle se trouvait. Mais pour lui, elle était encore la capitale des Etats-Unis. Et il y a encore beaucoup d'autres choses que seul un Terrien aurait pu savoir. Vous pensez bien que nous lui avons fait passer tous les tests imaginables.

— Comment va-t-il ?

— Apparemment, bien. Je n'ai pas de nouvelles de lui. Il vit dans un petit village, un peu à l'ouest d'ici. Dans les montagnes. Il a pensé, et j'ai été parfaitement d'accord, qu'un peu de repos lui ferait du bien. Quelques jours à ne rien faire. Ça lui donnera l'occasion de réfléchir, peut-être de se souvenir. A l'heure actuelle, il a peut-être commencé à se rappeler qui il était et ce qu'il faisait. Je ne lui ai pas suggéré de tenter ce retour dans le passé, car je voulais qu'il se sente parfaitement libre. Mais je pense qu'il serait tout naturel qu'il le fasse de lui-même. Toute cette histoire l'a bouleversé.

— Et s'il se souvient, il vous le dira ?

— Je ne sais pas, dit Daniels. Je l'espère. Mais j'ai trouvé plus sage de ne lui imposer aucune contrainte. Il est libre. S'il a des ennuis, je pense qu'il viendra me trouver.

CHAPITRE V

Blake était debout dans le patio, et regardait les feux arrière de la voiture terrestre s'éloigner rapidement dans la rue.

La pluie avait cessé, et quelques étoiles scintillaient à travers les nuages qui couraient dans le ciel. Dans toute la rue, les maisons étaient noires, à l'exception d'une lampe allumée dans chaque jardin. Chez lui, le hall d'entrée était allumé, — signe que la Maison l'attendait. A l'ouest, la masse arrondie des montagnes faisait une tache sombre sur le ciel nocturne.

Un vent froid et coupant soufflait du nord-ouest. Blake serra étroitement sa robe brune autour de sa poitrine et en remonta le col sur ses oreilles.

Recroquevillé dans sa robe, Blake se retourna, traversa le patio, et monta les trois marches qui conduisaient à la porte. Celle-ci s'ouvrit et il entra.

— Bonsoir, Monsieur, dit la Maison.

Puis, d'un ton plein de reproche, elle ajouta :

— Vous avez sans doute été retenu ?

— Il m'est arrivé quelque chose, dit Blake. Avez-vous idée de ce que ce peut être ?

— Vous avez quitté le patio, dit la Maison, dégoûtée qu'il lui demande des explications, à elle. Vous savez, sans doute, que notre service ne s'étend pas au-delà du patio ?

— Oui, marmonna Blake, je le sais.

— Vous auriez dû nous faire savoir où vous alliez, continua la Maison avec sévérité. Vous auriez pu prendre vos mesures pour rester en contact avec nous. Nous vous aurions procuré des vêtements adéquats. Car je vois que vous revenez avec des vêtements différents de ceux que vous portiez quand vous êtes parti.

— Un ami me les a prêtés, dit Blake.

— Pendant votre absence, lui dit la Maison, un message est arrivé pour vous. Il est sur la T. P.

Blake alla à la machine télépostale qui se trouvait dans l'entrée, et tira la feuille qui en sortait. Le message, d'une écriture ferme et précise, était court et cérémonieux. Il disait :

S'il est à la convenance de M. Andrew Blake de contacter M. Ryan Wilson, dans la ville de Willow Grove, il y apprendra quelque chose de la plus grande importance pour lui.

Blake tenait délicatement la feuille entre le pouce et l'index. C'était incroyable, pensa-t-il. Ça sentait le mélodrame.

— Willow Grove ? demanda-t-il.

— Nous nous renseignons tout de suite, dit la Maison.

— S'il vous plaît, dit Blake.

— Si vous voulez prendre un bain, ce sera prêt dans un instant, dit la Maison.

— Je peux servir immédiatement, cria la Cuisine. Que désire le Maître ?

— Je crois, dit Blake, que je vais manger quelque chose. Pourquoi pas des œufs au jambon, avec des toasts ?

— Je peux faire autre chose tout aussi facilement, dit la Cuisine. Soufflé au fromage ? Homard thermidor ?

— Des œufs au jambon, dit Blake.

— Et le décor ? demanda la Maison. Nous avons le même depuis une éternité.

— Non, dit Blake avec lassitude, ne le changez pas. Laissez le décor comme il est. Ça n'a pas d'importance.

— Mais si, c'est important, répliqua la Maison avec aigreur. On pourrait...

— Ne changez rien, dit Blake.

— A vos ordres, Maître, dit la Maison.

— A manger d'abord, dit Blake. Puis un bain, puis au lit. J'ai eu une journée chargée.

— Et le message ?

— Pas maintenant. Nous aurons le temps d'y penser demain.

— La ville de Willow Grove se trouve à quatre-vingts kilomètres au nord-ouest, dit la Maison. Nous nous sommes renseignés.

Blake traversa le living-room, entra dans la salle à manger et s'assit à la table.

— Il faut venir chercher votre plat, gémit la Cuisine. Je ne peux pas vous l'apporter.

— Je le sais, dit Blake. Prévenez-moi quand ce sera prêt.

— Mais vous êtes déjà à table !

— L'homme a le droit de s'asseoir où il veut, rugit la Maison.

— Oui, Monsieur, dit la Cuisine.

La Maison retomba dans le silence, et Blake se renversa sur sa chaise, épuisé jusqu'aux moelles.

Il vit que le papier peint de la pièce s'était animé. Quoique, tout bien considéré, ce n'était pas vraiment du papier peint. La Maison avait attiré son attention sur ce point dès son arrivée.

Il y avait tant de nouveautés, pensa-t-il, qu'il ne s'y retrouvait plus.

C'était une scène champêtre, avec un ruisseau qui serpentait entre les bois et les prairies. Un lapin traversa le paysage en sautant. Il s'arrêta près d'une touffe de trèfle, et se mit en devoir d'en grignoter les fleurs. Ses oreilles bougeaient, et il se mit à se gratter délicatement avec sa patte postérieure gauche, la tête légèrement penchée sur le côté. A l'endroit où il formait une minuscule chute d'eau, le ruisseau brillait de tous ses feux dans le soleil, et des flocons d'écume et des feuilles mortes surnageaient à sa surface. Un oiseau traversa la scène et se posa dans un arbre. Il leva la tête et se mit à chanter, mais on n'entendit aucun son. On voyait qu'il chantait au tremblement de sa gorge.

— Voulez-vous que je mette le son ? demanda la Salle à Manger.

— Non, merci. Je n'en ai pas envie. Tout ce que je veux, c'est me reposer. Une autre fois, peut-être.

Se reposer, et réfléchir, — pour comprendre. Essayer de trouver ce qui lui était arrivé, comment c'était arrivé, et aussi, pourquoi c'était arrivé, bien entendu. Et déterminer qui il était, ou ce qu'il était, ce qu'il avait été, et ce qu'il pouvait bien être, maintenant. Il pensa qu'il vivait un cauchemar, tout en étant parfaitement éveillé.

Mais au matin, tout serait peut-être redevenu normal, tout semblerait peut-être de nouveau normal. Le soleil brillerait, et le monde serait inondé de lumière. Il irait se promener et bavarder avec ses voisins, et tout serait normal. Si seulement il arrivait à oublier, à écarter tout ça de son esprit, — c'était peut-être ce qu'il avait de mieux à faire. Cela n'arriverait peut-être plus ; et si rien n'était arrivé, il n'y avait aucune raison de se tourmenter.

Il bougea sur sa chaise, mal à l'aise.

— Quelle heure est-il ? demanda-t-il. J'ai été absent combien de temps ?

— Il est près de deux heures, dit la Maison. Vous êtes parti à huit heures, à peu près.

Six heures, pensa-t-il, et il se souvenait de deux, tout au plus. Qu'était-il arrivé pendant les quatre autres heures, et pourquoi n'arrivait-il pas à s'en souvenir ? Et de même, pourquoi n'arrivait-il pas à se souvenir du temps qu'il avait passé dans l'espace, et du temps qui avait précédé son départ ? Pourquoi sa vie commençait-elle au moment où il avait ouvert les yeux dans un lit d'hôpital, à Washington ? Il y avait eu une autre vie, il y avait eu d'autres années. Autrefois, il avait eu un nom et une histoire, — qu'était-il arrivé, qui avait tout effacé ?

Ayant fini de mâchonner son trèfle, le lapin s'éloigna à grands sauts. Sur son rameau, l'oiseau ne chantait plus. Un écureuil descendit un tronc d'arbre, tête la première, s'arrêta à deux pieds du sol, vif comme l'éclair, fit demi-tour et remonta à toute vitesse. Il bifurqua le long d'une branche, courut encore un instant, puis s'arrêta, en attente, la queue tremblant d'excitation.

On avait l'impression de regarder par la fenêtre, pensa Blake en laissant son regard errer sur la scène champêtre, — car elle n'avait pas la platitude d'une image. Elle avait de la profondeur et de la perspective, et la couleur du paysage n'était pas de la peinture, mais la couleur même de la nature.

La Maison le remplissait d'embarras et de perplexité, parfois même, de gêne. Aucun souvenir de son passé ne l'avait préparé à rien de semblable. Pourtant, d'une époque nébuleuse qui avait précédé l'oubli complet qui s'était abattu sur son esprit, il se souvenait que quelqu'un (dont il avait oublié le nom) avait percé l'énigme de la gravité, et que l'énergie solaire était couramment employée.

Mais, si la Maison tirait son énergie de son usine solaire, et si elle se déplaçait grâce à son appareillage antigravitationnel, il y avait plus encore. C'était un robot, — un robot dans lequel on avait inclus un complexe de bon-et-fidèle-serviteur, et même, pouvait-on parfois penser, un complexe maternel. Elle prenait soin des gens qu'elle abritait. Leur bien-être était fermement implanté dans son esprit ordinateur. Elle parlait avec eux et les servait, elle leur rappelait ce qu'ils avaient à faire, les réprimandait, les houspillait et les dorlotait. C'était tout ensemble une maison, une servante et une compagne. Blake se dit qu'au bout d'un certain temps, on devait en arriver à considérer sa maison comme un ami loyal et sûr.

La Maison faisait absolument tout pour vous. Elle vous nourrissait, faisait la lessive, vous bordait dans votre lit, et, si vous lui en laissiez seulement l'occasion, elle irait même jusqu'à vous moucher. Elle vous protégeait et anticipait vos moindres désirs, au point d'en devenir importune. Elle imaginait des prévenances dont elle se figurait que vous les apprécieriez, — comme le papier (aïe, ce n'était pas du papier !), avec le lapin et l'oiseau chanteur.

Mais, se dit Blake, c'était difficile de s'y habituer. Peut-être pas pour quelqu'un qui y aurait passé toute sa vie. Mais revenir des étoiles, sans savoir où ni quand on y était allé, et être jeté dans une maison comme celle-là, — oui, alors, c'était difficile de s'y habituer.

— Venez chercher votre plat, gronda la Cuisine. Les œufs au jambon sont prêts.

CHAPITRE VI

Il vint à la vie dans un lieu dont il n'avait jamais perçu l'existence auparavant, — un lieu étrange et clos habité d'objets en bois, mais il y avait aussi du métal et du tissu.

Il réagit instantanément. Il sortit ses défenses et annihila l'endroit. Il prit la forme d'une pyramide, ce qui était un état stable, et construisit autour de lui une sphère d'isolation.

Il vérifia s'il y avait l'énergie dont il avait besoin pour soutenir sa vie et animer son esprit, et l'énergie était là, un flot abondant d'énergie venant d'une source qu'il n'arrivait pas à localiser.

Il constata qu'il pouvait penser. Son intelligence était claire et brillante, sa logique acérée comme une lame. Sa pensée n'était plus du tout embuée de rêve. La masse pyramidale de son corps donnait à son esprit de la stabilité et un théâtre opérationnel.

Il concentra sa pensée sur le problème que posait ce qui lui était arrivé, comment, après une période de temps indéterminée, pendant laquelle il n'avait opéré qu'au ralenti, voire pas du tout, il s'était soudain retrouvé libre, entier et efficient.

Il rechercha un commencement, mais il n'y avait pas de commencement, sinon un commencement si flou et indistinct qu'il n'avait aucune certitude. Il chercha, creusa et battit la campagne, parcourant les sombres tunnels de son esprit, mais il n'y avait pas de commencement dont il pût être sûr et certain.

Mais, se dit-il, ce n'était pas de grande conséquence, car un commencement n'était pas essentiel. Y avait-il jamais eu un commencement, se demanda-t-il, et n'avait-il pas toujours, comme en ce moment, parcouru le labyrinthe de son esprit à la recherche d'un port d'attache ? Bien sûr qu'un commencement n'était pas indispensable, ni une fin, d'ailleurs, mais, quelque part, d'une façon ou d'une autre, il devait y avoir une approximation de commencement et de fin.

Peut-être fallait-il plutôt se demander s'il y avait eu un passé, et il était certain qu'il y avait eu un passé, car son esprit était encombré d'une écume d'épaves surgissant du passé, des fragments d'information semblables à des radiations éparses émises par une planète. Il essaya de les ajuster ensemble, mais il n'y arriva pas, car les fragments d'informations n'avaient aucun lien entre eux.

Les faits, pensa-t-il avec terreur, — autrefois, il y avait eu des faits. Il était sûr qu'il y avait eu des faits. Autrefois, il y avait eu quelque chose sur quoi son esprit pouvait travailler. Et les faits étaient peut-être toujours là, mais masqués ou cachés, fragmentaires et quelquefois sans rapports entre eux, quoiqu'on ne pût pas en être sûr, vu qu'il ne semblait pas y en avoir assez pour qu'on pût établir des rapports.

Ramassé en sa forme pyramidale, il écoutait le bourdonnement de son esprit qui tournait à vide, un esprit raffiné et brillant, mais qui tournait sans aliments, — un esprit qui tournait et s'emballait, sans rien accomplir.

Il se remit à chercher dans le fouillis inextricable de fragments surgis du passé, et il finit par y trouver l'impression d'un pays hostile et rocheux. Sur les rocs se dressait un cylindre massif, aussi noir que les rocs eux-mêmes, et il s'élevait si haut dans la grisaille du ciel qu'on avait le vertige rien que d'essayer de le suivre. Et dans le cylindre, il sentait qu'il y avait quelque chose qui défiait l'imagination, quelque chose de si grand et de si prodigieux que l'esprit se refusait même à l'imaginer.

Il chercha à comprendre, il chercha à se reconnaître, mais il n'y avait rien que l'image du pays noir et rocheux, avec le cylindre noir et lugubre qui s'élançait à des hauteurs vertigineuses.

A contrecœur, il se détourna de cette image, et, replongeant dans les profondeurs de son esprit, il en ramena autre chose, et cette fois, c'était une étroite vallée qui s'ouvrait sur une prairie illuminée des couleurs d'un million de fleurs épanouies. Des sons musicaux vibraient dans l'air, et des choses vivantes s'ébattaient parmi les fleurs, et cela avait un sens, il le savait, mais il n'arrivait pas à trouver le moindre indice qui lui permît de le découvrir.

Autrefois, il y avait eu quelqu'un d'autre. Il y avait un autre être, et c'était cet autre qui avait capté et transmis ces images, et pas seulement les images, mais aussi les informations qui les expliquaient. Et les images restaient fichées dans son esprit, bien que dans le plus grand désordre, mais les informations qui les concernaient avaient mystérieusement disparu.

Il se ramassa et se concentra dans sa forme pyramidale, et le vide et le chaos de son esprit le faisaient souffrir, et il chercha à tâtons à retourner dans le passé crépusculaire, pour y retrouver cette créature qui lui avait fourni les images et les faits.

Mais il n'y avait rien. Il n'y avait aucun moyen de retrouver et d'atteindre cet autre. Et au tréfonds de lui-même, il pleura d'abandon, il pleura sans sanglots et sans larmes, car il n'était pas équipé pour les pleurs.

Et dans la nudité de son désespoir, il s'enfonça plus

profondément dans le passé, et il trouva une époque où la créature n'existait pas, une époque où il avait travaillé sur des faits et des images abstraites basées sur les faits, mais aucune couleur n'altérait ni les concepts ni les faits, et les images produites étaient nettes et fermes, quelquefois même terrifiantes.

Ce n'était pas la peine, pensa-t-il. Ce n'était pas la peine d'essayer. Il n'avait pas retrouvé son efficience, il n'était que la moitié de lui-même, et il ne pouvait pas fonctionner correctement parce qu'il n'avait pas les matériaux nécessaires à l'exécution de ses fonctions. Il perçut les ténèbres qui commençaient à le recouvrir, et il ne se débattit pas. Il resta là, et attendit que les ténèbres l'engloutissent.

CHAPITRE VII

Quand Blake se réveilla, la Chambre se mit aussitôt à l'invectiver.

— Où êtes-vous allé ? fulminait-elle. Où êtes-vous allé ? Qu'est-ce qui vous est arrivé ?

Il était assis par terre au milieu de la chambre, les jambes repliées sous lui. Et ce n'était pas normal, car il aurait dû être dans son lit.

La Chambre se remit à tonitruer :

— Où êtes-vous allé ? Qu'est-ce qui vous est arrivé ? Qu'est-ce...

— Oh, la ferme, dit Blake.

La Chambre se tut.

Les rayons du soleil matinal entraient à flots par la fenêtre, et, dehors, un oiseau chantait. La chambre était normale. Rien n'avait changé. Tout était exactement comme quand il s'était couché.

— Et maintenant, dit-il, racontez-moi exactement ce qui est arrivé.

— Vous êtes parti, gémit la Chambre. Et vous avez élevé un mur autour de vous...

— Un mur !

— Un néant, dit la Chambre. Une bulle de néant. Vous m'avez remplie d'un nuage de néant.

— Vous êtes cinglée, dit Blake. Comment voulez-vous que je fasse une chose pareille ?

Mais, au moment même où il parlait, il savait que la Chambre avait raison. La Chambre ne faisait que rapporter le phénomène qu'elle avait perçu. Elle n'avait pas d'imagination. Elle n'était qu'une machine, quoiqu'une machine raffinée, et la superstition, le mythe ou le conte de fée ne faisaient pas partie de son expérience.

— Vous avez disparu, déclara la Chambre. Vous vous êtes enveloppé dans quelque chose qui n'était rien, et vous avez disparu. Mais avant de vous envelopper, vous avez changé.

— C'est impossible ! Comment ?

— Je ne sais pas, mais vous avez changé. Vous avez fondu, et vous avez pris une autre forme, ou au moins, commencé à prendre une autre forme, puis vous vous êtes enveloppé.

— Et vous ne pouviez plus me percevoir ? C'est pourquoi vous pensez que je suis parti.

— Je ne pouvais pas vous percevoir, dit la Chambre. Je ne pouvais pas pénétrer le néant.

— Quel néant ?

— Le néant, c'est tout, dit la Chambre. Je ne pouvais pas l'analyser.

Blake se leva, et ramassa le caleçon qu'il avait jeté par terre en se déshabillant le soir précédent. Il l'enfila et prit sa robe sur le dossier d'un fauteuil.

Il la souleva, et il constata qu'elle était lourde, et brune et qu'elle était en laine, — et il se rappela soudain la nuit précédente, l'étrange maison de pierre, le sénateur et sa fille.

Vous avez changé, avait dit la Chambre. Vous avez changé, et vous avez construit autour de vous une bulle de néant. Mais il n'en avait pas souvenir, pas le moindre souvenir.

Pas le moindre souvenir, non plus, de ce qui était arrivé la nuit précédente dans l'intervalle qui s'étendait entre le moment où il était dans son patio et celui où il s'était retrouvé debout dans la tempête, à huit bons kilomètres de sa maison.

Mon Dieu, qu'est-ce qui m'arrive ? se demanda-t-il. Il s'assit soudain sur le lit, la robe sur les genoux.

— Chambre, demanda-t-il, êtes-vous sûre ?
— Sûre et certaine, dit la Chambre.
— Qu'est-ce que vous conjecturez ?
— Vous savez très bien, répondit la Chambre d'un ton pincé, que je ne conjecture pas.
— Non bien sûr.
— Conjecturer, dit la Chambre, est illogique.
— Vous avez raison, bien sûr, dit Blake.

Il se leva, enfila sa robe et se dirigea vers la porte.

— C'est tout ce que vous trouvez à dire, dit la Chambre d'un ton réprobateur.
— Qu'est-ce que vous voulez que je dise ? dit Blake. Vous êtes mieux au courant que moi.

Il sortit, et traversa le balcon dans toute sa longueur. Quand il atteignit l'escalier, la Maison le salua d'un ton enjoué, comme tous les matins.

— Bonjour, Monsieur, chantonna-t-elle. Le soleil brille dans le ciel. La tempête est passée et il n'y a pas de nuages. Les prévisions météorologiques annoncent un temps beau et chaud. La température est actuellement de 12° mais elle atteindra 20° avant la fin de la journée. C'est un beau jour d'automne qui commence, et tout s'annonce bien. Qu'est-ce que je peux faire pour vous, Monsieur ? Le décor vous plaît ? Et le mobilier ? Vous voulez un peu de musique ?
— Demandez-lui, mugit la Cuisine, ce qu'il veut pour son petit déjeuner.
— Qu'est-ce que vous voulez pour votre petit déjeuner ? demanda la Maison.
— Un bon porridge !
— Du porridge ! gémit la Cuisine. Toujours du porridge. Ou des œufs au jambon. Ou des crêpes. Juste

une fois, vous ne voulez pas quelque chose de spécial ? Pourquoi pas ?

— Du porridge, insista Blake.

— Le Maître veut du porridge, dit la Maison.

— D'accord, dit la Cuisine, découragée. Et un porridge, un !

— Il ne faut pas en vouloir à la Cuisine, dit la Maison. Elle ressent une très grande frustration. Elle a les recettes de tous les grands plats programmées dans ses mémoires, et elle les réussit vraiment très bien, mais vous ne lui donnez jamais l'occasion de les préparer. Un de ces jours, Monsieur, juste pour lui faire plaisir, vous devriez laisser la Cuisine...

— Du porridge, dit Blake.

— Très bien, Monsieur. Le journal est sur la T. P. Mais il y a bien peu de nouvelles ce matin.

— Si ça ne vous fait rien, dit Blake, je le lirai moi-même.

— Comme vous voudrez, Monsieur. J'essayais seulement de vous informer.

— Eh bien, essayez, dit Blake, mais tenez-vous-en là.

— Excusez-moi, Monsieur, dit la Maison, je me surveillerai.

Dans le hall, il prit le journal qu'il se fourra sous le bras, puis il alla jeter un coup d'œil dehors par la fenêtre.

La maison voisine était partie. Sa plate-forme était vide.

— Ils sont partis ce matin, dit la Maison. Il y a à peu près une heure. De courtes vacances, je suppose. Nous sommes toutes contentes...

— Nous ?

— Bien sûr, Monsieur. Toutes les autres maisons. Nous sommes toutes contentes qu'ils ne s'absentent que peu de temps et qu'ils reviennent bientôt. Ce sont de si gentils voisins.

— Vous avez l'air de bien les connaître. Moi, je leur ai à peine adressé la parole.

— Mais je ne parle pas des gens, Monsieur, dit la Maison. C'est à la Maison elle-même que je pensais.

— Ainsi, vous autres Maisons, vous établissez des rapports de bon voisinage ?

— Mais bien sûr, Monsieur. Nous nous rendons visite. Nous avons de longues conversations.

— Vous échangez vos renseignements.

— Naturellement, dit la Maison. Et si nous parlions du décor, maintenant ?

— Je le trouve très bien.

— Mais on ne l'a pas changé depuis des semaines.

— Si vous voulez, dit Blake pensivement, vous pouvez modifier le papier de la salle à manger.

— Ce n'est pas du papier, Monsieur.

— Je sais, je sais. Ce que je veux dire, c'est que je commence à en avoir assez de toujours voir ce lapin grignoter sa touffe de trèfle.

— Qu'est-ce que vous aimeriez, à la place ?

— N'importe quoi, pourvu qu'il n'y ait pas de lapin.

— Mais, Monsieur, il y a des milliers de combinaisons possibles.

— N'importe quoi, dit Blake, mais surtout pas de lapin !

Il s'éloigna de la fenêtre et entra dans la salle à manger. De tous les murs, des yeux le regardaient, — des milliers d'yeux, des yeux sans visages, des yeux arrachés à d'innombrables orbites, et plaqués sur le mur. Tandis que certains allaient par paires, d'autres isolés, parsemaient le mur d'autant d'yeux de Cyclopes. Et tous ces yeux le regardaient.

Il y avait des yeux bleus de bébés, au regard innocent et songeur, des yeux injectés de sang, terrifiants et terribles, des yeux lubriques, des yeux troubles et chassieux de vieillards. Et tous le connaissaient, tous savaient qui il était, et tous le scrutaient avec une horrible familiarité, et s'il y avait eu des bouches, elles lui auraient parlé, elles l'auraient injurié, elles l'auraient menacé.

— Maison ! hurla-t-il.
— Qu'y a-t-il, Monsieur ?
— Ces yeux !
— Mais, Monsieur, vous avez dit, n'importe quoi, sauf des lapins. Je trouve que ces yeux ont quelque chose de nouveau...
— Enlevez-moi ça tout de suite ! rugit Blake.

Les yeux disparurent, et une plage au bord de la mer les remplaça. Le sable fin descendait jusqu'au bord des vagues, qui, au loin, battaient le pied d'un petit promontoire ; des arbres noueux et rabougris s'arc-boutaient contre le vent. Des oiseaux de mer survolaient les eaux en poussant des cris stridents. Et la pièce était emplie de l'odeur du sel et du sable.

— C'est mieux ? demanda la Maison.
— Oui, beaucoup mieux, dit Blake. Merci.

Il s'assit pour contempler la scène, en proie à une véritable extase. Il avait vraiment l'impression d'être sur une plage, se dit-il.

— Nous avons introduit les sons et les odeurs, dit la Maison. Nous pouvons ajouter le vent, si vous le désirez.

— Non, dit Blake, ça suffit.

Les vagues se brisaient sur la plage dans un bruit de tonnerre, les oiseaux les survolaient en criant, et de gros nuages noirs roulaient dans le ciel. Il se demanda s'il existait quelque chose que la Maison ne pouvait pas reproduire sur le mur. Des milliers de combinaisons, avait-elle dit. Assis à cette place, sans bouger, on pouvait admirer tous les paysages du monde.

Une maison, pensa-t-il. Et d'abord, qu'est-ce que c'était qu'une maison ? Comment avait-elle évolué à travers les âges ?

Si l'on remontait jusqu'aux origines indistinctes de l'humanité, ce n'était d'abord qu'un abri contre la pluie et le vent, un refuge, une cachette. Cette définition restait d'ailleurs toujours valable, mais aujourd'hui, une maison était devenue bien plus qu'une cachette et un refuge ; une maison, c'était un endroit où l'on vivait. Dans un proche avenir, peut-être le jour viendrait-il où un homme ne quitterait plus sa maison, mais y passerait sa vie, sans avoir jamais le besoin ou le désir d'en sortir.

Et ce jour-là, pensa-t-il, était peut-être plus proche qu'on le pensait. Car une maison n'était plus un simple abri, ni même un endroit où vivre. C'était une compagne et une servante, et tout ce dont un homme pouvait avoir besoin se trouvait enclos entre ses quatre murs.

Sur le living-room s'ouvrait une petite pièce qui abritait le dimensino, prolongement et développement logique de la télévision qu'il avait connue deux cents ans plus tôt. Mais maintenant, il ne s'agissait plus seulement de regarder et d'écouter, on participait. C'était, pensa-t-il, comme ce paysage marin sur le mur. Dans cette pièce, une fois le poste en marche, on entrait de plain-pied dans l'action. On était enveloppé et captivé par les sons, les goûts, les odeurs, la température et les sensations du spectacle, mais on devenait aussi un participant sympathique et compréhensif de l'action et des émotions que la pièce représentait.

Dans un coin, de l'autre côté du living-room, la bibliothèque, malgré la simplicité de son appareillage électronique, contenait toute la littérature qui avait survécu à la longue histoire de l'homme. On n'avait qu'à presser quelques boutons pour retrouver toutes les pensées et tous les espoirs exprimés par tous les hommes qui avaient tenté de traduire sur le papier le ferment de leur expérience, de leurs sentiments et de leurs convictions.

Il n'y avait pas de comparaison entre cette maison et celles qu'il avait connues deux cents ans plus tôt. C'était une institution admirable. Et ce n'était pas fini. Au cours des deux prochains siècles, on l'améliorerait peut-être autant que pendant les deux siècles passés. Il se demanda si l'on pouvait assigner une limite au développement de ce concept de la maison.

Il prit le journal sous son bras et l'ouvrit. Il vit tout de suite que la Maison avait eu raison. Il y avait bien peu de nouvelles.

Trois hommes venaient d'être nommés au Conservatoire de l'Intelligence, où ils iraient rejoindre tous les humains sélectionnés au cours des trois derniers siècles, et dont les pensées et la personnalité, le savoir et l'intelligence étaient éternisés à la Banque de l'Esprit qui gardait dans ses réserves les idées et les croyances des intellectuels les plus brillants de l'humanité. Le plan nord-américain pour la modification du temps avait été transmis pour discussion à la Cour Suprême de Rome. Les querelles continuaient à propos des troupeaux de crevettes des côtes de Floride. Alors qu'on le croyait perdu, un vaisseau spatial d'exploration et d'étude avait finalement atterri à Moscou après dix ans d'absence. Et les débats régionaux sur la biotechnique commenceraient à Washington le lendemain.

L'article sur la biotechnique était complété par deux communications d'une colonne chacune, l'une du Sénateur Chandler Horton et l'autre du Sénateur Salomon Stone.

Blake plia le journal et s'installa confortablement pour lire.

WASHINGTON, AMERIQUE DU NORD. — Les deux sénateurs d'Amérique du Nord vont s'affronter au sujet de la proposition très controversée sur la biotechnique, dont les débats régionaux vont commencer demain ici même. On s'attend à des discours percutants. Au cours des dernières années, aucune autre proposition n'a autant captivé l'imagination des foules, et, à l'heure actuelle, il n'existe aucun projet plus controversé.

Les idées des deux sénateurs sur cette question sont diamétralement opposées, comme d'ailleurs toutes leurs idées l'ont été pendant la majeure partie de leur vie politique. Le Sénateur Chandler Horton a fermement pris position en faveur du projet, qui sera soumis à un référendum mondial au début de l'année prochaine. Le Sénateur Salomon Stone a tout aussi fermement pris position contre ce même projet.

Il n'y a rien d'étonnant à ce que les vues des deux sénateurs s'opposent sur cette question. Mais cette opposition prend dans le cas présent une dimension nouvelle, à cause du règlement connu sous le nom de Consentement Unanime, par lequel, sur les questions spéciales soumises à un référendum universel, le choix des peuples doit être ratifié à la majorité absolue par le Sénat Mondial de Genève. Ainsi, si le vote est favorable, le Sénateur Stone sera obligé de s'engager à voter au Sénat en faveur de cette proposition. Sinon, il devra démissionner. En ce cas, une élection spéciale serait organisée pour le choix de son successeur. Seuls pourraient participer à cette élection spéciale des candidats ayant pris l'engagement préalable de ratifier au Sénat le vote des peuples.

Si les résultats du référendum rejettent la mesure, le Sénateur Chandler Horton se trouvera dans la même situation. Quand le cas s'est produit dans le passé, certains sénateurs ont conservé leur siège en votant pour la proposition contre laquelle ils avaient combattu. Mais la plupart des observateurs autorisés s'accordent à dire que ce ne sera pas le cas pour les Sénateurs Stone et Horton. Tous deux ont mis en jeu leur réputation et leur vie politiques. Leur philosophie se situe aux deux extrémités opposées du spectre politique, et, au cours des ans, leur antipathie réciproque est devenue légendaire. A l'heure actuelle, on ne croit pas que...

— Excusez-moi, Monsieur, dit la Maison, mais le Premier Etage m'informe que quelque chose d'étrange vous est arrivé. J'espère que vous vous sentez bien.

Blake leva les yeux de sur son journal.

— Oui, dit-il, je vais bien.

— Mais, insista la Maison, ne serait-ce pas une bonne chose de consulter un médecin ?

Blake posa son journal, ouvrit la bouche, — et la referma aussitôt. Sans doute la Maison faisait-elle trop de zèle, mais après tout, elle n'avait en vue que son bien. Ce n'était qu'un servo-mécanisme, et sa seule pensée, son seul but étaient de servir l'humain qu'elle abritait.

— Vous avez peut-être raison, dit-il.

Car quelque chose n'allait pas, il n'y avait aucun doute là-dessus. En moins de vingt-quatre heures, quelque chose d'étrange lui était arrivé à deux reprises.

— Il y a bien ce docteur de Washington, dit-il. Celui qui m'a ranimé à l'hôpital. Je crois qu'il s'appelait Daniels.

— Le Docteur Michael Daniels, dit la Maison.

— Vous savez son nom ?

— Notre dossier sur vous est très complet, dit la Maison. Sinon, comment pourrions-nous vous servir convenablement ?

— Alors, vous avez son numéro de téléphone. Vous pourriez l'appeler.

— Mais bien sûr, si vous le désirez.

— Appelez-le s'il vous plaît.

Il posa le journal sur la table, se leva et entra dans la salle à manger. Il s'assit devant le téléphone, dont le petit écran s'alluma.

— Tout de suite, Monsieur, dit la Maison.

L'écran s'éclaircit, et le buste du Docteur Michael Daniels apparut.

— Andrew Blake. Vous vous souvenez de moi ?

— Bien sûr, dit Daniels. Je pensais justement à vous hier soir. Je me demandais ce que vous deveniez.

— Physiquement, ça va, dit Blake. Mais j'ai eu, — enfin, à moins que vous trouviez une autre explication — j'ai eu ce que vous appelleriez des hallucinations, il me semble.

— Mais vous, vous ne pensez pas que ce sont des hallucinations.

— Je suis pratiquement sûr que ce n'en est pas.

— Pouvez-vous venir me voir ? demanda Daniels. J'aimerais vous examiner.

— Avec plaisir, Docteur.

— Washington est plein à craquer, dit Daniels. Il n'y a plus une place, avec tous les gens qui viennent pour les débats sur la biotechnique. Il y a bien un parc pour les maisons de voyageurs, en face de l'hôpital... Je vais vérifier s'il y a encore de la place. Voulez-vous attendre un instant ?

— Je vous en prie, dit Blake.

Le visage de Daniels disparut, et l'image floue d'un bureau se mit à dansoter sur l'écran.

La voix de la Cuisine se mit à tonitruer :

— Le porridge est prêt. Et des toasts. Et des œufs au jambon. Et du café.

— Le maître est au téléphone, dit la Maison d'un ton réprobateur. Et il n'a demandé que du porridge.

— Il a peut-être changé d'avis, dit la Cuisine. Le porridge ne lui suffira peut-être pas. Il a peut-être plus faim qu'il ne croit. Vous ne voudriez quand même pas qu'on nous soupçonne de le laisser mourir de faim !

Daniels reparut sur l'écran.

— Je vous remercie d'avoir attendu, dit-il. Il n'y a plus de place en ce moment. Il y aura une fondation libre demain matin. Je l'ai réservée pour vous. Pouvez-vous attendre jusqu'à demain ?

— Je crois, dit Blake. Tout ce que je veux, c'est parler un moment avec vous.

— Pourquoi ne pas parler maintenant ?

Blake secoua la tête.

— Je vous comprends, dit Daniels. Alors, à demain. Disons, à une heure. Qu'est-ce que vous allez faire, aujourd'hui ?

— Je ne sais pas.

— Allez à la pêche, ça vous changera les idées. Ne restez pas à ne rien faire. Vous êtes pêcheur ?

— Je ne sais pas. Je n'y ai jamais pensé. Je l'ai peut-être été. C'est un sport qui me semble familier.

— Des souvenirs de votre passé qui filtrent à la surface. Vous vous souvenez...

— Non, je ne me souviens de rien. Ça fait partie des arrière-plans de mon esprit, dont certaines parties prennent forme, de temps en temps. Mais ça ne me rappelle rien de précis. Parfois, j'entends ou je lis quelque chose, qui, soudain, me semble familier, une phrase ou un fait que je comprends. Quelque chose que j'ai connu ou rencontré autrefois. Mais je ne sais ni quand, ni comment, ni dans quelles conditions je l'ai rencontré.

— Je donnerais beaucoup, dit Daniels, pour savoir enfin quelque chose de précis sur ces arrière-plans de votre esprit.

— Le seul moyen d'apprendre quelque chose, c'est de vivre cette situation au jour le jour.

— C'est la seule méthode valable, approuva Daniels. Eh bien, à demain. Tâchez de passer une bonne journée à la pêche. Il me semble qu'il y a des ruisseaux à truites vers chez vous. Vous devriez en trouver un.

— Merci, Docteur.

Un déclic indiqua que la communication était coupée et l'écran s'assombrit. Blake se retourna.

— Dès que vous aurez fini de déjeuner, dit la Maison, le flotteur vous attendra dans le patio. Vous trouverez des accessoires de pêche dans la chambre du fond, qui sert de remise, et la Cuisine vous préparera un pique-nique. Pendant ce temps je vais me renseigner pour savoir où il y a un ruisseau à truites et vous donner les renseignements nécessaires pour y aller...

— Assez de bavardages, gronda la Cuisine. Le déjeuner se refroidit.

CHAPITRE VIII

Un fouillis de buissons et d'arbres emportés par les eaux au cours des crues du printemps précédent faisait une sorte de barrage, coincé entre un bouquet de bouleaux et la rive du petit cours d'eau qui franchissait l'obstacle au milieu de tourbillons d'écume, avant de s'étaler en un lac profond et calme.

Très doucement, Blake posa son fauteuil flottant à une extrémité du barrage, et débrancha le champ gravitationnel. Il resta un moment assis sans bouger, écoutant le murmure des eaux et jouissant de la profonde tranquillité du lac. Au loin devant lui, les montagnes barraient l'horizon.

Il descendit enfin du flotteur, sortit du coffre son panier à provisions pour atteindre son attirail de pêche. Il posa le panier sur la rive, près du bouquet de bouleaux.

Quelque chose craqua dans la digue de troncs d'arbres qui barrait le cours d'eau. Au bruit, Blake se retourna. Au milieu des troncs, une paire d'yeux ronds et brillants comme des billes d'agathe le contemplaient.

Un vison, pensa-t-il, ou une loutre, qui l'observait de sa tanière.

— Bonjour, dit Blake. Ça ne vous dérange pas que je tente ma chance par ici ?

— Bonjour, répondit le vison-loutre d'une voix de tête haut perchée. Qu'est-ce que c'est que cette chance que vous voulez tenter ? Exprimez-vous plus clairement, s'il vous plaît.

— Qu'est-ce que...

Blake n'acheva pas sa phrase.

Le vison-loutre émergea de sous un tronc. Ce n'était ni un vison ni une loutre. C'était une sorte de bipède, qui semblait sortir tout droit d'un livre d'images. Son museau poilu de rongeur était surmonté d'un crâne volumineux d'où sortaient deux oreilles pointues terminées en aigrettes. Il avait à peu près cinquante centimètres de haut, et son corps était entièrement recouvert d'une douce fourrure brune. Il portait un pantalon rouge vif qui n'était rien de plus qu'une immense paire de poches, et ses mains se terminaient par des doigts longs et fins.

Il fronça le museau.

— Est-ce que par hasard vous auriez quelque chose à manger dans ce panier ? demanda-t-il de sa voix criarde.

— Mais bien sûr, répondit Blake. Vous avez l'air d'avoir faim.

C'était absurde. Bientôt, — dans moins d'une minute peut-être, — cette image sortie d'un livre d'enfants disparaîtrait, et il pourrait se mettre à pêcher.

— Je meurs de faim, dit l'image. Les gens qui me donnent à manger d'habitude sont partis en vacances. Depuis, je vis de rapines. Est-ce que ça vous est déjà arrivé dans votre vie d'avoir à voler votre nourriture ?

— Non, dit Blake, je ne pense pas que ce me soit jamais arrivé.

Il ne disparaissait pas. Il restait là, et il parlait, et il n'y avait pas moyen de s'en débarrasser.

Dieu du Ciel, pensa Blake, voilà que ça recommence !

— Si vous avez faim, dit-il, nous allons regarder dans le panier. Est-ce qu'il y a quelque chose que vous aimez particulièrement ?

— Je mange tout ce que l'*Homo Sapiens* peut manger. Je ne suis pas difficile. Mon métabolisme semble correspondre parfaitement à celui des habitants de la Terre.

Ils allèrent ensemble vers le panier, dont Blake souleva le couvercle.

— Mon apparition au milieu du barrage n'a pas l'air de vous étonner, dit la créature.

— Ça ne me regarde pas, dit Blake qui essayait, sans y parvenir, de reprendre ses esprits. Il y a des sandwiches, du gâteau, un plat de... attendez, oui, un plat de salade de pommes de terre, et des œufs durs.

— Si vous permettez, je vais commencer par deux sandwiches.

— Je vous en prie, dit Blake, servez-vous.

— Vous ne me tenez pas compagnie ?

— Non, merci, je viens de déjeuner.

La créature s'assit, un sandwich dans chaque main, et se mit à dévorer voracement.

— Excusez mes mauvaises manières, dit-il à Blake, mais il y a près de quinze jours que je n'ai pas fait un vrai repas. Je dois être trop exigeant. Ces gens qui s'occupent de moi m'ont habitué à bien manger. Ce n'est pas comme ceux qui se contentent de nous donner un bol de lait.

Il continua à manger, les moustaches couvertes de miettes. Quand il eut fini les deux sandwiches, il tendit le bras vers le panier, mais s'arrêta brusquement, la main levée.

— Vous permettez ? demanda-t-il.

— Je vous en prie.

Il prit un autre sandwich.

— Excusez mon indiscrétion, dit-il, mais j'aimerais savoir combien vous êtes.

— Combien je suis ?

— Oui, combien êtes-vous ici, en ce moment ?

— Eh bien, dit Blake, je suis tout seul. Je ne vois pas comment je pourrais être plusieurs.

— C'est bête, bien sûr, dit la créature, mais quand je vous ai vu, j'aurais juré que vous étiez plusieurs.

Il se mit à manger son troisième sandwich, mais plus posément que les deux premiers.

La dernière bouchée avalée, il se tapota délicatement les moustaches pour en faire tomber les miettes.

— Je vous remercie du fond du cœur, dit-il.

— Je vous en prie, c'est tout naturel, dit Blake. Prenez-en un autre.

— Non, merci. Mais je prendrais bien un peu de gâteau.

— Servez-vous, dit Blake.

La créature se servit.

— Et maintenant, dit Blake, puisque vous m'avez posé une question, j'espère que vous ne vous formaliserez pas si je vous en pose une à mon tour.

— Mais pas du tout, dit la créature. Je vous écoute.

— Eh bien, dit Blake, j'aimerais savoir exactement qui vous êtes.

— Mon Dieu, je croyais que vous le saviez, dit la créature. Je n'aurais jamais pensé que vous ne m'aviez pas reconnu.

Blake secoua la tête.

— Je suis désolé, dit-il, mais je ne le sais pas.

— Je suis un Brownie, dit la créature en s'inclinant. Pour vous servir, Monsieur.

CHAPITRE IX

Le Dr Michael Daniels était assis à son bureau quand on introduisit Blake.

— Comment allez-vous ce matin ? demanda-t-il.

Blake eut un pâle sourire.

— Pas trop mal, si l'on pense au traitement que vous m'avez fait subir hier. Est-ce qu'il existe encore des tests que vous ne m'ayez pas fait passer ?

— Je dois reconnaître que nous n'y sommes pas allés de main morte, admit Daniels. Il y a encore un ou deux tests. Si...

— Non, merci.

Daniels lui montra un fauteuil.

— Asseyez-vous donc, nous avons à parler.

Blake s'assit. Daniels posa un épais dossier devant lui et l'ouvrit.

— Je suppose, dit Blake, que vous avez recherché ce qui a pu arriver dans l'espace, je veux dire, ce qui a pu m'arriver, à moi. Est-ce que vous avez trouvé quelque chose ?

Daniels secoua la tête.

— Rien. Nous avons épluché toutes les listes des équipages et des passagers des vaisseaux portés disparus. Enfin, l'Administration Spatiale les a épluchées. Car ça les intéresse autant que moi, et peut-être même plus.

— Les listes de passagers ne peuvent pas vous apprendre grand'chose, dit Blake. Ce ne sont que des noms, et nous ne savons pas...

— C'est vrai, dit Daniels, mais nous possédons aussi les empreintes digitales et vocales de tous les passagers. Or, vous n'y figurez pas.

— Pourtant, je suis bien parti dans l'espace, d'une façon ou d'une autre...

— Oui, nous le savons. Et nous savons aussi que quelqu'un vous a congelé. Quelqu'un a pris la peine de vous congeler. Si nous pouvions en trouver la raison, nous aurions fait un grand pas en avant. Mais, bien entendu, quand un vaisseau disparaît, son livre de bord disparaît aussi.

— J'ai réfléchi à la question de mon côté, dit Blake. Nous sommes toujours partis du principe qu'on m'avait congelé pour sauver ma vie. D'où il ressort que cette congélation a eu lieu avant l'accident arrivé au vaisseau, quel que soit par ailleurs cet accident. Mais comment quelqu'un pouvait-il prévoir qu'un accident allait arriver ? Et il m'est venu à l'idée qu'il y a des situations qui peuvent justifier cette congélation. Avez-vous jamais pensé qu'on avait pu me congeler et me jeter dans l'espace parce qu'on ne voulait plus de moi dans le vaisseau ? Parce que j'avais commis un délit quelconque, qu'ils avaient peur de moi, ou quelque chose dans cet ordre d'idées ?

— Non, dit Daniels, je n'y avais jamais pensé. Mais j'ai pensé que vous n'étiez peut-être pas le seul à avoir été congelé et encapsulé, qu'il y en avait peut-être d'autres, toujours perdus dans l'espace. Il se trouve que c'est vous qu'on a trouvé. Avec du temps, on pourrait élaborer un plan pour sauver des vies humaines, — des vies importantes pour l'humanité, je suppose.

— Revenons à cette hypothèse suivant laquelle on

m'aurait largué dans l'espace. S'ils se sont débarrassés de moi parce que j'étais indésirable, pourquoi essayer de me sauver la vie par une technique si raffinée ?

Daniels secoua la tête.

— Je n'en ai pas la moindre idée. D'ailleurs, nous ne faisons qu'accumuler des hypothèses. Il faudra peut-être vous résigner à rester dans l'ignorance. J'espérais que votre passé vous reviendrait peu à peu. Mais il y a des chances pour que vous ne vous en souveniez jamais. Dans quelque temps, nous pourrons essayer un traitement psychiatrique, qui vous aidera peut-être à vous souvenir. Mais rien n'est moins sûr, je vous le dis franchement tout de suite.

— Est-ce à dire que je dois abandonner tout espoir ?

— Non. Mais je tiens à ce que vous sachiez la vérité. Nous continuerons à chercher tant que vous serez résolu à collaborer avec nous. Mais je pense que c'est le moins que nous puissions faire, que de vous avertir que nous ne trouverons peut-être jamais la réponse que nous cherchons.

— C'est de bonne guerre, dit Blake.

— Et la pêche, l'autre jour, ça s'est bien passé ? demanda Daniels.

— Très bien, dit Blake. J'ai pêché six truites, et j'ai passé une bonne journée à la campagne. C'est ce que vous vouliez ?

— Vous avez eu d'autres hallucinations ?

— Oui, dit Blake. J'ai eu une hallucination. Je ne vous en ai pas parlé. Ce matin, j'ai décidé de vous en faire part. Je n'en suis plus à une hallucination près. A la pêche, j'ai vu un Brownie.

— Tiens ! dit Daniels.

— Vous n'avez pas entendu ce que j'ai dit ? J'ai vu un Brownie. Je lui ai parlé. Il a mangé la moitié de mon déjeuner. Vous voyez ce que je veux dire. Un de ces petits êtres qu'on voit dans les livres d'images pour les enfants. Avec de grandes oreilles et un chapeau pointu.

Mais celui-là n'avait pas de chapeau. Et il avait un museau de rongeur.

— Vous avez de la chance. Il n'y a pas beaucoup de gens qui ont vu des Brownies. Moins encore qui leur ont parlé.

— Vous voulez dire que les Brownies existent !

— Mais bien sûr. C'est un peuple nomade venu des étoiles Coonskin. Ils ne sont pas très nombreux. Un vaisseau d'exploration en a ramené quelques-uns sur la Terre il y a... disons environ cent à cent cinquante ans. On pensait que les Brownies nous feraient une courte visite, — une sorte d'échange culturel, si vous voulez, — puis rentreraient chez eux. Mais ils se sont plu ici, et ils ont fait une demande officielle d'autorisation de séjour. Puis ils se sont dispersés, et ont peu à peu disparu. Ils sont partis dans les bois, où ils trouvent des abris, des terriers, des grottes, des arbres creux.

Il secoua la tête d'un air perplexe.

— C'est un peuple étrange. Ils ont refusé tous les avantages matériels que nous leur avons offerts. Ils ne veulent rien avoir à faire avec notre civilisation, notre culture ne les impressionne absolument pas, mais ils aiment la planète. Ils aiment y vivre, mais à leur manière. Nous ne savons pas grand-chose sur eux. Il semble qu'ils ont une civilisation très avancée, mais très différente de la nôtre. Ils sont intelligents, mais leurs valeurs sont différentes des nôtres. D'après ce que j'ai entendu dire, certains se sont attachés à des familles ou à des individus qui les nourrissent et leur fournissent du tissu pour leurs vêtements, et tout ce dont ils peuvent avoir besoin. C'est une association très curieuse. Car les Brownies ne deviennent pas les animaux familiers de ces familles, ce sont plutôt, si vous voulez, des porte-bonheur. C'est d'ailleurs le rôle que jouent les Brownies dans la littérature enfantine.

— Ça alors, dit Blake, je n'en reviens pas !

— Vous croyiez que votre Brownie était une autre hallucination ?

— Mais oui. Et je m'attendais à ce qu'il disparaisse à tout instant, à ce qu'il s'évanouisse. Mais non. Il mangeait, se lissait la moustache, et me disait où je devais lancer ma ligne. Là-bas, disait-il, il y en a une grosse, juste entre le tourbillon et la rive. Et c'était vrai. Il avait l'air de savoir où était le poisson.

— C'était pour vous remercier de lui avoir donné votre déjeuner. Il vous portait chance.

— Est-ce que vous croyez vraiment qu'il savait où était le poisson ? Il avait l'air de le savoir, mais...

— Je n'en serais pas surpris, dit Daniels. Comme je vous l'ai dit, nous ne savons pas grand-chose sur eux. Ils ont probablement des facultés qui nous manquent. Savoir où se trouve le poisson est peut-être l'une d'elles.

Il regarda Blake avec attention.

— Vous n'aviez jamais entendu parler des Brownies ? Je veux dire, des vrais Brownies ?

— Non, jamais.

— Ça nous donne une bonne indication chronologique, dit Daniels. Si vous aviez été sur Terre au moment de leur arrivée, vous auriez entendu parler d'eux.

— J'en ai peut-être entendu parler, mais je ne m'en souviens pas.

— Je ne crois pas. A en juger par les publications de l'époque, leur arrivée a fait sensation dans le public. C'est quelque chose dont vous vous souviendriez si vous en aviez eu connaissance. Cela aurait fait une impression profonde sur votre esprit.

— Mais nous avons d'autres indications chronologiques, dit Blake. Cette façon de s'habiller, avec des caleçons, une robe et des sandales, c'est tout nouveau pour moi. Je me souviens que je portais des pantalons et une sorte de justaucorps. Et les vaisseaux. Les grilles gravitationnelles sont nouvelles pour moi. Je me souviens que nous utilisions l'énergie atomique...

— Nous l'utilisons toujours.

— De mon temps, nous connaissions seulement l'énergie atomique. Maintenant, ce n'est plus qu'un moyen auxiliaire pour atteindre de grandes vitesses, mais on tire l'énergie du contrôle et de la manipulation des forces gravitationnelles.

— Mais il y a beaucoup d'autres choses qui sont nouvelles pour vous, dit Daniels. Les maisons...

— Au début, j'en devenais cinglé, dit Blake. Mais je suis soulagé au sujet du Brownie. C'est une raison de moins de m'inquiéter de mon état.

— Ces hallucinations, vous pensez toujours qu'elles n'en sont pas ? Vous me l'avez dit hier.

— Je ne vois pas comment ce pourrait être des hallucinations, dit Blake. Je me souviens de tout ce qui m'est arrivé jusqu'à un moment donné, puis c'est le noir complet, et enfin, je redeviens moi-même. Je n'arrive pas à me souvenir de ce qui m'arrive pendant le noir, bien qu'il y ait de nombreux indices qui prouvent que quelque chose s'est passé. Et cela, pendant une période de temps bien déterminée.

— La seconde, dit Daniels, a eu lieu pendant que vous dormiez.

— C'est vrai. Mais la Chambre a observé un certain phénomène, qui a duré pendant une période bien définie.

— Quel genre de maison avez-vous ?

— Une Norman-Gilson B 258.

— C'est l'un des modèles les plus nouveaux et les plus perfectionnés, dit Daniels. L'appareillage électronique en est magnifique. Et pratiquement indéréglable. Il y a peu de chance pour que quelque chose s'y détraque.

— Je ne crois pas que quelque chose soit détraqué, dit Blake. Je crois que la Chambre a dit la vérité. Je suis sûr que quelque chose est arrivé dans cette chambre. Quand je me suis réveillé, j'étais par terre...

— Mais vous n'aviez aucune idée de ce qui était arrivé avant que la Chambre vous en parle ? Et aucune idée de la cause qui provoque ces incidents ?

— Pas la moindre. J'espérais que vous auriez une hypothèse.

— Non, pas pour le moment, dit Daniels. Enfin, pas d'hypothèse solide. Dans votre cas, il y a deux choses, — comment dire ? — troublantes. D'abord, votre condition physique. Vous avez l'air d'avoir entre trente et trente-cinq ans. Vous avez quelques rides. Vous avez l'air d'un homme dans la force de l'âge. Et pourtant, votre corps est un corps d'adolescent. Il ne montre aucun vieillissement, et même aucun signe d'un début de vieillissement. Physiquement, vous êtes un spécimen absolument parfait. Mais alors, pourquoi avez-vous le visage d'un homme de trente ans ?

— Et quelle est l'autre chose ? Vous avez dit qu'il y en avait deux.

— L'autre ? Eh bien, votre électro-encéphalogramme est étrange. La courbe principale est normale et très reconnaissable. Mais il y a autre chose. C'est comme si, — je ne sais comment m'exprimer, — comme s'il y avait une ou même plusieurs autres courbes cérébrales en plus de la vôtre. Ces courbes ne sont pas nettement marquées, ce sont des courbes subsidiaires, pourrait-on dire, qui apparaissent, mais faiblement.

— Que voulez-vous dire, Docteur ? Que je ne suis pas normal, mentalement ? Ce qui expliquerait les hallucinations, évidemment. Et ce qui signifierait que ce sont bien des hallucinations.

Daniels secoua la tête.

— Non, ce n'est pas cela. C'est étrange. Mais il n'y a aucun signe de maladie mentale. Rien qui puisse indiquer une détérioration quelconque du cerveau. Apparemment, votre esprit est aussi sain et aussi normal que votre corps. Mais on dirait presque que vous avez plus d'un cerveau. Bien que nous sachions, naturellement, que vous n'en avez qu'un. Les rayons X le montrent clairement.

— Vous êtes sûr que je suis un humain ?

— D'après votre corps, sans aucun doute. Pourquoi cette question ?

— Je ne sais pas, dit Blake. Vous m'avez trouvé dans l'espace. Je viens de l'espace...

— Je vous comprends, dit Daniels. Mais ne vous tourmentez pas pour ça. Absolument rien n'indique que vous ne soyez pas humain. Au contraire, tous les indices que nous avons tendent à prouver que vous l'êtes.

— Et maintenant, qu'est-ce que je fais ? Je rentre à la maison pour attendre d'avoir encore de ces...

— Non, pas tout de suite, dit Daniels. Nous aimerions que vous restiez encore quelques jours. Si vous êtes d'accord.

— Pour des tests ?

— Peut-être. J'aimerais discuter votre cas avec certains de mes collègues. J'aimerais qu'ils vous examinent. Ils auront peut-être une idée. Et surtout, j'aimerais vous mettre en observation.

— Au cas où j'aurais une autre hallucination ?

— Un peu pour ça, dit Daniels.

— Cette histoire d'encéphalogramme m'ennuie, dit Blake. Vous avez dit plus d'un...

— Non, c'est une suggestion qui m'a été inspirée par l'encéphalogramme, mais je ne m'inquiéterais pas pour ça, si j'étais vous.

— D'accord, dit Blake, n'en parlons plus.

Mais au fait, qu'est-ce que c'était que le Brownie lui avait demandé ? Combien êtes-vous ici ? Quand je vous ai vu, j'aurais juré que vous étiez plusieurs...

— Docteur, ce Brownie...

— Oui ?

— Rien, Docteur. Non, ça n'a pas d'importance.

CHAPITRE X

Extraits du procès-verbal de l'enquête sénatoriale (section régionale de Washington, Amérique du Nord) concernant l'adoption de la biotechnique en vue de la colonisation d'autres systèmes solaires.

M. PETER DOTY, membre du comité d'enquête : Vous êtes M. Austin Lucas ?

DR LUCAS : Oui, Monsieur. J'habite à Tenafly, New Jersey, et je travaille pour la Société Biologique de Manhattan, New York.

M. DOTY : Vous êtes le directeur du laboratoire de recherche de cette compagnie, n'est-ce pas ?

DR LUCAS : Je suis directeur d'un des programmes de recherche.

M. DOTY : Et ce programme s'occupe de la biotechnique ?

DR LUCAS : Oui, Monsieur. A l'heure actuelle, nous nous occupons tout spécialement de la production d'un animal domestique universel.

M. DOTY : Auriez-vous l'obligeance de nous donner quelques précisions à ce sujet ?

Dr Lucas : Très volontiers. Nous espérons produire un animal qui donnera différents types de viandes, du lait, et fournira également de la laine, du crin ou de la fourrure, peut-être même les trois à la fois. Nous espérons qu'il remplacera les nombreux animaux spécialisés, à l'élevage desquels l'homme s'est consacré depuis la Révolution Néolithique.

Sénateur Stone : Et je suppose que certains indices vous permettent d'espérer que vos recherches seront couronnées de succès ?

Dr Lucas : En effet. Je dirai même que nous avons trouvé la solution des problèmes principaux. Nous avons actuellement un troupeau de ces animaux. Nous nous consacrons maintenant à parfaire l'espèce. Notre but, c'est la production d'un animal unique, qui remplacera tous les animaux de ferme actuels, et fournira à lui seul tous les produits qu'ils fournissent ensemble.

Sénateur Stone : Et en cela également, vous espérez réussir ?

Dr Lucas : Nos résultats sont très encourageants.

Sénateur Stone : Et quel est le nom de l'animal que vous avez déjà produit ?

Dr Lucas : Il n'en a pas, Sénateur. C'est une question à laquelle nous n'avons pas encore pensé.

Sénateur Stone : Ce n'est pas une vache, n'est-ce pas ?

Dr Lucas : Non, pas complètement. Quoiqu'il ait certaines caractéristiques des bovins, naturellement.

Sénateur Stone : Ce n'est pas un porc, non plus ? Ni un mouton ?

Dr Lucas : Non, ni l'un ni l'autre. Enfin, pas complètement. Mais il a certaines caractéristiques des deux.

Sénateur Horton : Ces longs préliminaires me semblent bien inutiles. La question que mon distingué collègue désire vous poser est la suivante : la créature au développement de laquelle vous vous consacrez représente-t-elle une forme de vie entièrement nouvelle,

— une forme de vie synthétique, en quelque sorte, — ou bien peut-elle se rattacher à des formes de vie naturelles que nous connaissons ?

Dr Lucas : Il est extrêmement difficile de répondre à cette question, Sénateur. On peut dire, en toute bonne foi, que les formes de vie naturelles nous ont servi de modèles, mais que l'animal que nous avons produit est essentiellement un animal nouveau.

Sénateur Stone : Je vous remercie. Et je remercie également mon collègue d'avoir si rapidement compris ma pensée. Ainsi, nous sommes en présence, diriez-vous, d'une créature entièrement nouvelle, apparentée de très loin à une vache, un cochon et un mouton, et peut-être même à de nombreuses autres espèces animales...

Dr Lucas : Elle est en effet apparentée à d'autres espèces. Pour l'instant, nous ne voyons aucune limite à nos expériences en ce sens. Nous pensons continuer à mettre d'autres espèces à contribution, et nous espérons les fondre ensemble en quelque chose de viable...

Sénateur Stone : Et plus vous avancez, plus l'animal que vous créez s'éloigne des formes actuellement connues ?

Dr Lucas : Peut-être. Mais votre question demande réflexion.

Sénateur Stone : Et maintenant, Docteur, j'aimerais vous poser quelques questions sur l'état des recherches biologiques en général. Vous pratiquez cette biotechnique sur des animaux. Croyez-vous que cette même technique puisse être appliquée à l'homme ?

Dr Lucas : Oui, certainement.

Sénateur Stone : Vous êtes certain que de nouveaux types d'humanité pourraient être créés en laboratoire. De nombreux nouveaux types, peut-être ?

Dr Lucas : Je n'en doute pas.

Sénateur Stone : Et cela fait, — après que vous auriez créé un type humain répondant à certaines spécifications, — cet humain se reproduirait-il sous la même forme ?

Dr Lucas : Sans aucun doute. Les animaux que nous avons créés se reproduisent sous la même forme. Le problème n'est pas différent pour un humain. Il s'agit simplement d'altérer le matériel génétique. C'est d'ailleurs la première chose à faire.

Sénateur Stone : Entendons-nous bien. Supposons que vous développiez une nouvelle souche humaine, elle reproduirait des individus semblables à ceux de la souche originelle.

Dr Lucas : C'est exact. A l'exception des petites variations et mutations inhérentes au processus de l'évolution. Mais les formes de vie naturelles y sont également sujettes. C'est ainsi que les espèces ont évolué.

Sénateur Stone : Supposons que vous ayez créé un nouveau type d'être humain. Par exemple, une créature qui pourrait supporter une gravité bien supérieure à celle de la terre, qui respirerait un air de composition différente, et qui se nourrirait d'aliments toxiques pour nous, diriez-vous... Non, permettez-moi de m'exprimer autrement. Croyez-vous possible de créer une telle forme de vie ?

Dr Lucas : Je ne peux vous donner que mon opinion personnelle.

Sénateur Stone : Bien entendu.

Dr Lucas : Alors je vous répondrai que j'en suis certain. Il faudrait d'abord déterminer les caractères désirables chez cette nouvelle espèce, puis dresser un plan biologique et...

Sénateur Stone : Mais enfin, ce peut être fait ?

Dr Lucas : Il n'y a pas le moindre doute.

Sénateur Stone : Vous pouvez créer un être qui serait viable dans n'importe quelles conditions planétaires ?

Dr Lucas : Sénateur, je tiens à préciser que moi, personnellement, je ne le pourrais pas. La biotechnique humaine n'est pas du domaine de ma spécialité. Mais cela fait partie des possibilités de la biologie actuelle. Certains savants qui travaillent actuellement sur ce problème pourraient le faire. Quoique, jusqu'à présent, on n'ait fait aucune tentative sérieuse pour créer un humain de ce genre ; mais, d'après mes informations, les problèmes sont à l'étude.

Sénateur Stone : Et les techniques également ?

Dr Lucas : C'est exact. Les techniques aussi.

Sénateur Stone : Et ces hommes, qui travaillent à développer ces techniques, pourraient créer un humain qui vivrait dans n'importe quelles conditions planétaires ?

Dr Lucas : On n'en est pas encore là, Sénateur. Pas dans n'importe quelles conditions. Plus tard, peut-être, mais pas maintenant. Et, bien entendu, il doit exister certains environnements entièrement incompatibles avec toute forme de vie, quelle qu'elle soit.

Sénateur Stone : Mais une forme de vie humaine pourrait être créée, qui supporterait un environnement incompatible avec la vie humaine telle que nous la connaissons ?

Dr Lucas : Vous m'avez parfaitement compris.

Sénateur Stone : Alors, Docteur, permettez-moi de vous poser une question... Un tel être serait-il encore un être humain ?

Dr Lucas : Il serait créé à partir de caractères biologiques et intellectuels d'un humain. C'est indispensable. Il faut un point de départ.

Sénateur Stone : Aurait-il l'apparence d'un être humain ?

Dr Lucas : En certains cas, non.

Sénateur Stone : Dans la plupart des cas, peut-être, n'est-ce pas, Docteur ?

Dr Lucas : Cela dépendrait entièrement des paramètres déterminés par l'environnement considéré.

Sénateur Stone : Dans certains cas, ce serait un monstre, n'est-ce pas ?

Dr Lucas : Sénateur, je vous demanderai de définir les termes que vous employez. Qu'est-ce qu'un monstre ?

Sénateur Stone : D'accord. Disons donc qu'un monstre est une créature répugnante pour un être humain. Une forme de vie qui n'aurait aucune apparence humaine. Une forme de vie en présence de laquelle un humain ressentirait de l'horreur, de la terreur, du dégoût ou du mépris.

Dr Lucas : Le dégoût ou le mépris ressentis par un homme dépendent pour une large part du genre d'homme auquel on a affaire. Un homme suffisamment évolué...

Sénateur Stone : Laissons cela de côté. Considérons l'homme de la rue, n'importe lequel d'entre nous. Croyez-vous que certaines personnes pourraient ressentir du dégoût ou du mépris en présence de votre création hypothétique ?

Dr Lucas : Certains, sans doute. Mais permettez-moi de vous faire remarquer, Sénateur, que ce n'est pas moi qui parle de monstre. C'est vous qui en avez évoqué la création...

Sénateur Stone : Il n'en est pas moins vrai que certains humains considéreraient cette créature comme un monstre ?

Dr Lucas : Certains, oui.

Sénateur Stone : Beaucoup, peut-être.

Dr Lucas : Peut-être.

Sénateur Stone : Je vous remercie, Docteur. C'est tout ce que j'avais à vous demander.

Sénateur Horton : Et maintenant, Docteur Lucas, approfondissons l'idée de cet homme synthétique. Je sais que cette appellation n'est pas entièrement exacte, mais elle plaira sans doute à mon collègue.

Sénateur Stone : Certainement. Il s'agirait d'un homme synthétique, et non d'un être humain. Ce que ce projet biotechnique propose, c'est la colonisation d'autres planètes, non par des hommes, mais par des créatures synthétiques qui ne présenteraient aucune ressemblance avec un être humain. Autrement dit, de lâcher des hordes de monstres dans la galaxie.

Sénateur Horton : Réfléchissons un peu. Docteur Lucas, pour la commodité de la discussion, disons avec le Sénateur Stone que cette créature serait plutôt horrible à regarder. Mais son apparence me paraît accessoire. Ce qui importe, c'est sa véritable nature. Vous êtes d'accord ?

Dr Lucas : Absolument d'accord.

Sénateur Horton : A part son apparence, cette créature serait-elle humaine ?

Dr Lucas : Oui, Sénateur. La structure corporelle n'altérerait en rien sa véritable essence. Son identité serait déterminée par son cerveau et son esprit, par ses motivations et ses concepts intellectuels.

Sénateur Horton : Et son cerveau serait celui d'un humain ?

Dr Lucas : Oui, Monsieur.

Sénateur Horton : Donc ses motivations, ses émotions et ses idées seraient identiques à celles d'un humain ?

Dr Lucas : Certainement.

Sénateur Horton : Donc, ce serait un être humain. Quelle que soit son apparence, ce serait un être humain.

Dr Lucas : Oui, ce serait un être humain.

Sénateur Horton : Docteur, à votre connaissance, une telle créature a-t-elle jamais vu le jour ? Par « créature » j'entends, évidemment, « homme synthétique ».

Dr Lucas : Oui, il y a deux cents ans environ. On en a fait deux. Mais il y a une différence...

Sénateur Stone : Pas si vite, s'il vous plaît ! Faites-vous allusion à ce vieux mythe qu'on ressort de temps en temps ?

Dr Lucas : Ce n'est pas un mythe, Sénateur.

Sénateur Stone : Avez-vous des documents pour prouver ce que vous avancez ?

Dr Lucas : Non, Monsieur.

Sénateur Stone : Que voulez-vous dire avec votre « non, Monsieur » ? Comment osez-vous vous présenter à ces débats pour y émettre des affirmations que vous êtes dans l'impossibilité de prouver ?

Sénateur Horton : Je peux les prouver. En temps voulu, je produirai les documents nécessaires.

Sénateur Stone : Dans ce cas, le Sénateur devrait peut-être prendre la place du témoin...

Sénateur Horton : Pas du tout. Le témoin est parfaitement à sa place. Vous disiez, Docteur, qu'il y avait une différence...

Sénateur Stone : Pas si vite ! Je proteste ! Je ne crois pas que le témoin soit compétent dans ce domaine.

Sénateur Horton : Nous allons voir ça tout de suite. Docteur Lucas, comment avez-vous été amené à découvrir ces informations ?

Dr Lucas : Il y a environ dix ans, alors que je faisais des recherches en vue de la rédaction d'un article, j'ai demandé à avoir accès à certains dossiers de l'Administration Spatiale. Voyez-vous, Sénateur, je recherchais l'origine de ce que vous appelez un mythe. Peu de gens en avaient entendu parler, mais j'étais de ce nombre, et je me demandais s'il n'y avait pas là quelque chose de plus qu'un mythe. C'est pourquoi j'ai demandé l'autorisation de consulter ces dossiers.

Sénateur Horton : Et on vous l'a donnée ?

Dr Lucas : Pas tout de suite. L'Administration Spatiale était, disons, récalcitrante. Finalement, j'ai changé de tactique, et je leur ai représenté qu'une affaire vieille de deux cents ans n'appartenait plus au domaine de la sécurité militaire, mais à celui de l'histoire. Je vous avoue que j'ai eu beaucoup de mal à leur faire admettre la logique de ce raisonnement.

Sénateur Horton : Mais vous avez eu finalement gain de cause ?

Dr Lucas : Finalement, oui. Mais j'ai bénéficié d'appuis en haut lieu. Voyez-vous, ces dossiers étaient classés parmi les plus secrets. Au point de vue de l'administration, ce secret était encore valable. Il m'a fallu argumenter longuement pour leur faire comprendre que cette situation était ridicule...

Sénateur Stone : Permettez-moi de vous interrompre, Docteur. Avant de continuer, je voudrais vous poser une question. Vous avez dit que vous aviez eu des appuis en haut lieu.

Dr Lucas : C'est exact.

Sénateur Stone : Une grande part de cette assistance ne vous aurait-elle pas été prêtée par le sénateur Horton ?

Sénateur Horton : Puisque la question me concerne, j'y répondrai moi-même, avec la permission du Dr Lucas. Je suis heureux de reconnaître ici que je lui ai prêté mon appui.

Sénateur Stone : C'est tout ce que je voulais savoir. Pour que ce soit noté dans le procès-verbal.

Sénateur Horton : Voulez-vous poursuivre, Docteur ?

Dr Lucas : D'après les dossiers, deux êtres synthétiques avaient été fabriqués il y a environ deux cent vingt ans, — en 2266, exactement. Ils avaient la forme et l'esprit d'un humain, mais on les avait fabriqués dans un but très spécial. Ils devaient être utilisés pour prendre les premiers contacts avec les formes de vie existant sur d'autres planètes. Ils devaient voyager à bord de vaisseaux d'exploration et d'étude, et devaient rassembler des informations sur la forme de vie dominant sur les planètes découvertes.

Sénateur Horton : Maintenant, Docteur, sans entrer dans les détails, pouvez-vous nous expliquer exactement comment ils devaient accomplir cette mission ?

Dr Lucas : Je vais essayer d'être clair, mais c'est

difficile. Ces humains synthétiques étaient doués de facultés d'adaptation remarquables. Faute d'un terme plus précis, disons qu'ils étaient plastiques. On leur avait appliqué le principe de la non-finition, qui avait été découvert environ dix ans auparavant, et il est très rare, pour ne pas dire plus, de voir une loi scientifique aussi complexe passer de la théorie à la pratique en un aussi court laps de temps. Toutes les composantes de base des deux corps fabriqués l'étaient à partir du principe de non-finition. Ils étaient complets, en un sens, mais en même temps, incomplets. Les acides aminés...

Sénateur Horton : Pour le moment, laissons de côté les principes scientifiques, et dites-nous seulement ce qu'ils étaient censés faire.

Dr Lucas : Vous voulez dire, comment ils étaient censés fonctionner ?

Sénateur Horton : C'est cela.

Dr Lucas : Eh bien, quand un vaisseau d'exploration atterrissait sur une planète, on devait aussitôt capturer et étudier l'espèce dominante. Je suppose que vous êtes familiarisés avec les procédés de la recherche biologique. On devait déterminer tous les éléments spécifiques de cette créature : structure, chimie organique, processus métaboliques. Ces renseignements étaient emmagasinés dans une mémoire électronique, puis transmis à l'humain synthétique, qui, grâce à sa conformation unique de non-finition biologique, se serait changé en une copie exacte de la créature décrite par les renseignements de l'ordinateur. Ce processus devait être rapide, car tout délai aurait été fatal. Ce devait être un spectacle inquiétant, que de voir un humain se métamorphoser en une créature complètement différente, et cela, presque instantanément.

Sénateur Horton : Vous dites que l'humain se serait métamorphosé en cette créature. Cette métamorphose affectait-elle également son esprit, son intelligence...

Dr Lucas : En fait, l'humain devenait la créature.

Non pas l'une des créatures, mais la copie exacte de la créature capturée qui avait servi de modèle. Il avait la mémoire et l'esprit de cette créature spécifique. Et il prenait la relève au point exact où elle était restée. Lâché hors du vaisseau, il aurait recherché les compagnons de cette créature, les aurait rejoints et aurait repris ses problèmes à son compte...

Sénateur Horton : Mais aurait-il également conservé son esprit humain ?

Dr Lucas : C'est bien difficile à dire. L'identité, la mémoire et la mentalité humaines devaient subsister, mais sous une forme sublimée et subconsciente, qui pouvait redevenir consciente par certains procédés. On aurait implanté dans le mental de l'humain métamorphosé l'obligation impérieuse de revenir au vaisseau après un intervalle donné, et, à son retour, on l'aurait induit à reprendre sa forme humaine. Ayant repris sa forme humaine, il se serait souvenu de son existence de créature extra-terrestre, et on aurait acquis ainsi des connaissances impossibles à se procurer autrement.

Sénateur Horton : Et peut-on savoir ce qui en est résulté ?

Dr Lucas : Cela, c'est très difficile à dire. On ne parle pas des résultats. Les dossiers mentionnent que tous les deux ont été envoyés dans l'espace. Et puis, c'est le silence.

Sénateur Horton : A votre avis, quelque chose aurait mal tourné ?

Dr Lucas : Oui. Mais je n'imagine pas ce que ça peut être.

Sénateur Horton : Peut-être quelque chose concernant les hommes synthétiques ?

Dr Lucas : Probablement. Mais il n'y a aucun moyen de le savoir avec exactitude.

Sénateur Horton : Ils n'ont peut-être pas fonctionné.

Dr Lucas : Non, ils auraient rempli leur mission. Il n'y a aucune raison pour qu'ils n'aient pas fonctionné comme prévu. Il n'y a pas de doute qu'ils fonctionnaient.

Sénateur Horton : Je vous pose cette question, parce que si je ne le fais pas, c'est mon distingué collègue qui s'en chargera. Permettez-moi maintenant de vous poser une question pour mon compte personnel. Aujourd'hui, pourrions-nous fabriquer un homme synthétique de ce genre ?

Dr Lucas : Avec les plans que nous avons en main, il n'y aurait aucune difficulté à le faire.

Sénateur Horton : Mais on n'en a jamais construit d'autre, du moins à votre connaissance ?

Dr Lucas : A ma connaissance, jamais.

Sénateur Horton : Avez-vous une hypothèse...

Dr Lucas : Non, Sénateur.

Sénateur Stone : Puis-je me permettre d'intervenir ? Dr Lucas, existe-t-il un terme qui décrive le processus employé pour fabriquer les hommes en question ?

Dr Lucas : Il en existe un, en effet. On lui a donné le nom de « principe du loup-garou ».

CHAPITRE XI

Sorti d'une des maisons parquées de l'autre côté de la rue, un homme transportait un baquet, et le déposa dans le patio, au bord de la piscine. Un arbre était planté dans le baquet, et, après son départ, l'arbre se mit à carillonner. C'était comme le tintement joyeux de petites clochettes d'argent.

Blake, vêtu d'une robe à rayures pastel, confortablement assis dans un fauteuil, était appuyé au garde-fou. Il prêtait l'oreille, pour s'assurer que ces sons joyeux venaient bien de l'arbre. Cela paraissait incroyable, mais ces sons argentés n'avaient commencé qu'après que l'homme avait eu déposé au bord de la piscine l'arbre planté dans le baquet. Et ses oreilles lui confirmaient que les sons venaient bien de cette direction.

Washington sommeillait dans la torpeur d'un bel après-midi d'octobre. Quelques voitures terrestres passaient sur le boulevard, dans le bruit assourdi de leurs coussins d'air. Au loin, quelques flotteurs dansaient au-dessus du Potomac, fauteuils flottants pilotés par des humains. Dans le parking, les maisons étaient sagement alignées par rangées, entourées de leurs belles pelouses vertes, du chatoiement de leurs fleurs automnales et du miroitement bleu de leur piscine. En se penchant et en se tordant le cou, il arrivait même à apercevoir sa propre maison, au bout du boulevard, posée, dans la troisième rangée, sur ses fondations de louage.

Sur le solarium, son voisin le plus proche était un vieillard, emmitouflé jusqu'aux oreilles dans une épaisse couverture rouge. Ses yeux morts regardaient droit devant lui, sans rien voir, et il marmonnait entre ses dents. Un peu plus loin, deux autres patients jouaient à un jeu qui ressemblait au jeu de dames.

Un employé traversa rapidement le porche.

— M. Blake, dit-il, il y a quelqu'un qui voudrait vous voir.

Blake se leva et se retourna. Une femme était debout sur le seuil, grande, brune, et vêtue d'une robe rose pâle aux reflets soyeux.

— Miss Horton, dit Blake. Faites-la entrer, s'il vous plaît.

Elle traversa le porche et lui tendit la main.

— Je suis allée jusqu'à votre village, hier après-midi, dit-elle, mais vous n'étiez pas là.

— Excusez-moi, dit Blake, mais j'avais dû m'absenter. Asseyez-vous donc.

Elle s'assit dans un fauteuil et Blake se percha sur le garde-fou.

— Vous êtes à Washington avec votre père, dit-il. Les débats...

Elle hocha la tête.

— Ils ont commencé ce matin.

— Je suppose, dit-elle. Mais c'est assez pénible. Ce sera dur de voir mon père recevoir une volée de bois vert. Bien entendu, je l'admire de défendre les idées auxquelles il croit. Mais j'aimerais que, de temps en temps, il défende des idées qui ont l'approbation du public. Ce qu'il ne fait pratiquement jamais. Il est toujours du mauvais côté, aux yeux de l'opinion. Mais cette fois, il pourrait bien ne pas s'en relever.

— Vous parlez de cette histoire d'unanimité. Je lisais quelque chose là-dessus, l'autre jour. Ça m'a l'air démentiel.

— Peut-être, dit-elle, mais c'est comme ça. C'est la règle de la majorité portée à ses limites extrêmes. Si le sénateur doit renoncer à la vie publique, cela le tuera. Depuis des années, la politique est sa vie.

— J'aime beaucoup votre père, dit Blake. Il y a en lui un naturel qui s'accorde à la maison où vous vivez.

— Vieux jeu, vous voulez dire.

— Peut-être. Mais pas uniquement. Il y a en lui quelque chose de solide, et pourtant, il a tant d'enthousiasme et de dévouement...

— Oh oui, dit-elle, du dévouement, il en a. On ne peut pas s'empêcher de l'admirer pour ça, et c'est ce que font beaucoup. Mais, d'une façon ou d'une autre, il s'arrange toujours pour irriter des tas de gens en leur démontrant qu'ils ont tort.

Blake éclata de rire.

— C'est le meilleur moyen d'irriter tout le monde.

— Peut-être, dit-elle. Mais, parlons de vous. Comment vous sentez-vous ?

— Très bien, dit-il. Il n'y a vraiment aucune raison que je sois ici. Avant votre arrivée, j'étais en train d'écouter un arbre carillonnant. Je n'en croyais pas mes oreilles. Un homme l'a sorti d'une maison, de l'autre côté de la rue, et dès qu'il l'eut déposé au bord de la piscine, il s'est mis à carillonner.

Elle se pencha pour regarder de l'autre côté de la rue. L'arbre émit un joyeux tintement de clochettes.

— C'est un arbre de monastère, dit-elle. Il n'en existe pas beaucoup. On les importe d'une planète assez lointaine, — je ne sais plus exactement laquelle.

— Je me heurte continuellement à des choses comme

ça, entièrement nouvelles pour moi, et qui ne cadrent absolument pas avec mon expérience. L'autre jour encore, j'ai rencontré un Brownie.

Elle le regarda, ravie.

— Un Brownie ! Vous en avez vraiment vu un ?

Il hocha la tête.

— Oui, il a même mangé mon déjeuner, dit-il.

— Vous en avez de la chance ! La plupart des gens n'en ont jamais vu.

— Je n'en avais jamais entendu parler, dit-il. Je croyais que c'était encore une hallucination.

— Comme le jour où vous êtes venu chez nous.

— Oui. Je ne sais toujours pas ce qui s'est passé ce soir-là. C'est une énigme inexplicable.

— Les docteurs...

— Les docteurs n'ont pas l'air d'y comprendre grand-chose. Ils sont aussi perplexes que moi. Et c'est peut-être le Brownie qui s'est approché le plus près de la solution.

— Le Brownie ? Qu'est-ce qu'il a à voir là-dedans ?

— Il m'a demandé combien j'étais. Il a dit qu'il était sûr, en me voyant, que j'étais plusieurs. Deux hommes, trois hommes en un seul... Je ne sais pas exactement combien. Il a dit plus d'un, en tout cas.

— Mais je pense qu'un homme est toujours multiple, M. Blake. Une personnalité présente toujours de nombreuses facettes.

Il secoua la tête.

— Ce n'est pas ce que le Brownie voulait dire. Je suis sûr qu'il voulait dire autre chose. J'y ai beaucoup pensé, et je suis sûr qu'il ne parlait pas des différentes facettes d'un même tempérament.

— Vous l'avez dit à votre docteur ?

— Non, je ne lui ai rien dit. Il a assez de soucis comme ça. Inutile d'en ajouter.

— Mais c'est peut-être important.

— Je ne sais pas, dit Blake.

— Vous vous comportez un peu comme si ça vous était égal, dit Elaine Horton, comme si vous ne désiriez pas savoir ce qui vous est arrivé. Vous avez peut-être peur de le découvrir.

Il lui lança un regard incisif.

— Je n'y avais pas pensé, dit-il, mais vous avez peut-être raison.

Le son des cloches avait changé. Ce n'était plus le tintement joyeux de petites clochettes d'argent, mais le glas assourdissant d'une grosse cloche qui égrenait ses lugubres avertissements au-dessus des toits de la vieille ville.

CHAPITRE XII

Les ondes de terreur se propagèrent comme l'éclair dans le tunnel. Des odeurs et des sons inconnus flottaient dans l'air. La lumière était reflétée par les murs, et le sol était aussi dur que le roc.

La créature se tapit et gémit. Une peur paralysante lui crispait tous les muscles et lui mettait tous les nerfs à vif.

Le tunnel s'étendait devant elle à l'infini, et il n'y avait pas d'issue. Elle était prise au piège. Et elle ignorait où elle était. C'était un endroit qu'elle ne connaissait pas et qu'elle n'avait pas cherché. Elle avait été prise au piège et abandonnée là, sans savoir pourquoi.

Il y avait eu un temps où ce monde était humide, chaud et sombre, avec la sensation envahissante de milchaud, brillant et sec, et elle ne percevait plus la présence de petites choses vivantes, — mais celle de grandes choses vivantes, et le tonnerre de leurs pensées dans leurs cerveaux, comme un roulement de tambour.

La créature se souleva à moitié et se retourna, et ses

griffes claquèrent contre le sol dur. Le tunnel s'étendait devant et derrière elle. Un espace enclos, sans étoiles. Mais il y avait le langage, — le langage-pensé, et le grondement plus grave du langage-parlé, — ce n'était pas le langage des étoiles, mais un langage confus et chaotique, un langage ténébreux qui surgissait par saccades, sans profondeur et sans la moindre signification.

C'est un monde-tunnel, pensa la créature avec terreur, un espace étroit et fermé, qui s'étend à l'infini, puant d'odeurs étranges, empli de bruits confus et submergé de terreur.

Elle vit qu'il y avait des ouvertures, le long du tunnel. Certaines étaient fermées par quelque chose de sombre, et d'autres étaient ouvertes, et conduisaient, très probablement, à d'autres tunnels qui s'étendaient à perte de vue, comme celui-là.

D'une des ouvertures, tout au bout du tunnel, sortit un être étrange, gigantesque, difforme et terrible. Un bruit sec accompagnait sa marche, et il descendit le tunnel en direction de la créature. Il poussa un cri perçant, et quelque chose qu'il portait s'écrasa sur le sol, et les ondes de panique émises par son cerveau se répercutèrent comme des hurlements le long des murs du tunnel. Il fit demi-tour et s'enfuit, le plus vite possible, et le bruit de ses cris, combiné à celui des ondes de terreur de son cerveau répercutées par les murs, emplissait le tunnel d'un tapage assourdissant.

La créature bougea, ses griffes grincèrent sur le sol dur, son corps fila vers l'ouverture la plus proche qui conduisait hors du tunnel. Les viscères tordus de panique et le cerveau obscurci par l'horreur, elle sentit les ténèbres l'engloutir, comme un grand poids tombé de très haut. Et soudain, elle ne fut plus elle-même, elle n'était plus dans le tunnel, elle était revenue en ce lieu sombre, chaud et douillet qui constituait sa prison.

Blake rejoignit son lit d'une glissade, tout en se demandant pourquoi il courait, pourquoi sa robe gisait sur le sol et pourquoi il était nu comme un ver. Et au même instant, il y eut un déclic dans sa tête, comme si quelque chose de trop compressé avait explosé, et il se souvint du tunnel, de la peur, et des deux autres qui ne faisaient qu'un avec lui.

Il se laissa tomber sur son lit, submergé de bonheur. Maintenant, il était complet, il était redevenu la créature qu'il était avant. Maintenant, il n'était plus seul, mais avec les deux autres. « Salut, les copains », murmura-t-il, et ils lui répondirent, non par des mots, mais par une accolade de leurs esprits.

(Main dans la main et fraternels. Froides étoiles qui scintillent au-dessus d'un désert de neige et de sable. Chasse aux secrets des étoiles. Marais chauds et croupissants. Etude des faits par la pyramide qui était un ordinateur biologique. Union étroite et instantanée de trois courants séparés de pensée. Trois esprits indéfectiblement unis l'un à l'autre.)

— Il s'est enfui quand il m'a vu, dit Chercheur. Il va en venir d'autres.

— C'est ta planète, Convertisseur. Tu sais ce qu'il faut faire.

— Oui, Penseur, dit Convertisseur, c'est ma planète. Mais notre savoir à tous les trois n'en fait qu'un.

— Mais tu es le plus rapide. Il y a trop de connaissances, il y en a vraiment trop. Nous te suivons, mais de loin.

— Penseur a raison, dit Chercheur. C'est à toi de prendre une décision.

— Ils ne penseront pas que c'est moi, dit Convertisseur. Pas tout de suite. Ça nous laisse le temps de voir venir.

— Mais pas longtemps.

— Non, Chercheur, pas longtemps.

Et c'était vrai, pensa Blake. Il n'avait que peu de temps devant lui. L'infirmière terrorisée allait revenir avec des renforts, — des internes, des docteurs, des infirmiers, des filles de salle et des filles de cuisine. Dans quelques minutes, l'hôpital serait sens dessus dessous.

— C'est dommage, dit-il, que Chercheur ressemble tellement à un loup.

— Mais, dit Chercheur, d'après ta définition, un loup c'est un être qui en dévore d'autres, et tu sais très bien que jamais je ne...

Non, se dit Blake. Bien sûr que tu ne dévorerais personne, Chercheur, mais ils ne le savent pas. Quand ils te voient, ils pensent que tu es un loup. Comme le garde, chez le sénateur, qui a vu ta silhouette à la lueur des éclairs. Et qui, repris immédiatement par toutes les vieilles légendes, a réagi instinctivement.

Et si quelqu'un voyait Penseur, qu'est-ce qu'on penserait de lui ?

— Qu'est-ce qui nous est arrivé, Convertisseur ? demanda Chercheur. Deux fois je me suis évadé, la première fois, c'était humide et sombre, la seconde, étroit et clair.

— Je me suis évadé une fois, dit Penseur, et je n'ai pas pu fonctionner.

— Nous reparlerons de ça plus tard, dit Convertisseur. Pour le moment, on est dans le pétrin. Il faut sortir d'ici.

— Convertisseur, garde ta forme, pour le moment, dit Chercheur. Plus tard, si nous avons besoin de courir, je prendrai la relève.

— Et moi, dit Penseur, je peux prendre n'importe quelle forme, si besoin est.

— Taisez-vous, dit Blake à voix haute. Laissez-moi réfléchir.

CHAPITRE XIII

Au commencement, il n'y avait que lui, un humain, — un humain synthétique, un androïde, un homme fabriqué en laboratoire, d'après le principe de non-finition, le principe du loup-garou, ce principe de plasticité biologique et intellectuelle qui l'avait fait ce qu'il était.

Un homme. Un homme à tous égards, sauf par la conception. Et plus parfait qu'un homme normal. Immunisé contre les maladies, il se guérissait et se régénérait lui-même. Avec la même intelligence, les mêmes émotions, et les mêmes processus physiologiques que tous les autres hommes. Mais en même temps, un outil, un instrument, fabriqué en vue d'une certaine mission. Un infiltrateur de formes de vie extra-terrestres. Et avec ça, si malléable, si perceptif, si équilibré psychologiquement et si implacablement logique qu'il pouvait prendre une forme étrangère, assumer des pensées et des émotions étrangères, sans éprouver les traumatismes mentaux qui auraient anéantis un homme normal.

Puis, il y avait eu le Penseur (quel autre nom lui aurait mieux convenu ?), masse de chair indifférenciée qui pouvait prendre n'importe quelle forme, mais qui, suivant en cela une longue tradition, préférait la forme pyramidale qui lui permettait de fonctionner à son régime optimum. Il était l'habitant d'une planète marécageuse et sauvage, planète primitive où un soleil nouveau-né déversait des flots ininterrompus de lumière et d'énergie. Des formes monstrueuses nageaient et rampaient dans les marais, mais les Penseurs ne les craignaient pas, et, à vrai dire, ils n'en avaient nul besoin. Tirant leur subsistance de la violente tempête d'énergie qui faisait rage sur la planète, ils avaient un système de défense particulier et unique en son genre, enveloppe de lignes de force qui les isolait du monde destructeur qu'ils habitaient. Ils ignoraient les notions de vie et de mort, mais ne connaissaient que l'existence, — car personne n'avait souvenir d'une naissance, ni d'aucune circonstance où l'un d'eux serait mort. Il pouvait arriver que des forces physiques brutales les démembrent, et dispersent leur chair aux quatre points cardinaux, mais chaque morceau séparé, chargé de la mémoire génétique de la créature entière, reformait une nouvelle entité. Non que cela soit jamais arrivé, mais cette loi et ses conséquences faisaient partie des informations mentales de base dont chaque Penseur était équipé.

Le Convertisseur et le Penseur, et le Convertisseur était devenu le Penseur. Grâce aux artifices, aux combinaisons et aux techniques d'une autre tribu de penseurs, habitant à des années-lumière de distance, un homme synthétique était devenu une autre créature, pourvu de toutes les pensées et de tous les souvenirs de cette créature, de tous ses réflexes et de toutes ses motivations, de tout son équipement physiologique et psychologique. Il était véritablement devenu l'autre créature, tout en conservant assez d'humanité pour s'effrayer de la grandeur solennelle et terrible de ce qu'il était devenu, mais sauvé par l'armure mentale que lui avaient donnée ses inventeurs, là-bas, sur cette planète si lointaine que, de ce point de l'espace, on n'en apercevait même pas le soleil.

Mais cette terreur n'était que marginale, refoulée au plus profond de l'esprit de la créature étrangère. Car il était devenu la créature, et la part d'humanité qui restait en lui était ensevelie au plus profond de la chair et de l'esprit de la créature des marais.

Mais au bout d'un certain temps, l'esprit humain émergea pour reprendre la place à laquelle il avait droit, car il avait dominé puis finalement oublié son horreur initiale, il avait appris à vivre dans un nouveau corps sur un monde différent, et il était captivé, ravi et enthousiasmé par cette nouvelle expérience de deux esprits existant côte à côte sans lutte, sans défi et sans rivalité, car ils appartenaient tous les deux à une entité qui n'était plus purement homme ou créature des marais, mais les deux réunis.

Le soleil incendiait la planète, et le corps absorbait l'énergie, et les marais étaient beaux parce qu'ils constituaient l'univers de la créature. Et il fallait contacter, explorer, comprendre, admirer et apprécier une vie nouvelle, — une vie nouvelle et un monde nouveau, d'un point de vue différent à la fois pour l'homme et la créature étrangère.

Il y avait un Pensoir Favori, et une Pensée Favorite, et quelquefois, (rarement), une sorte de communication fugitive avec les autres créatures, le bref contact de deux esprits qui se frôlent, comme deux mains dans le noir. Car il leur était possible de communiquer entre eux, mais ils n'en ressentaient pas le besoin, car chaque Penseur se suffisait à lui-même.

Le temps et l'espace n'existaient plus, sauf dans la mesure où ces concepts servaient d'aliment à la Pensée. Car la Pensée était tout, — elle était la raison d'être de l'existence, elle était la tâche et la vocation, mais elle n'avait ni but ni fin, car elle ne pouvait pas s'arrêter. Elle se déroulait sans repos et sans fin, et sans espoir de voir jamais sa tâche accomplie.

Mais maintenant, le temps comptait, car l'esprit humain avait été conditionné pour revenir à son point de départ à une certaine époque, et il y était revenu, et le Penseur était redevenu un homme. Tous les renseignements recueillis par l'homme avaient été enregistrés par une mémoire électronique, et le vaisseau s'était élancé dans l'espace et avait continué sa course.

Puis, il y eut une autre planète, et une autre créature, et le Convertisseur devint cette autre créature, comme il était devenu le Penseur, et il se mit à explorer la planète sous la forme de la créature en laquelle il s'était métamorphosé.

La planète était aussi froide et sèche que la première était chaude et humide. Un soleil lointain lui dispensait une pâle lumière, mais les étoiles scintillaient dans le ciel sans nuages, dures et brillantes comme des diamants. Le sol était saupoudré de sable et de neige immaculés, amoncelés en dunes par les fréquentes bourrasques qui balayaient la planète.

Maintenant, l'esprit humain habitait le corps d'un Chercheur, qui courait au milieu d'une horde de Chercheurs à travers les vastes plaines gelées et les hautes montagnes, courait avec une joie païenne sous les diamants des étoiles et les lanternes des lunes, à la recherche de ces lieux sacrés, où, suivant une longue tradition, ils communiaient avec les étoiles. Mais seulement à cause de leur tradition, car à n'importe quel moment et en n'importe quel endroit, ils pouvaient capter les images inconsciemment émises par toutes les cultures développées dans d'autres systèmes solaires.

Ils ne comprenaient pas ces images, ils ne cherchaient pas à les comprendre et ne le désiraient même pas, — mais ils les captaient et les conservaient pour leur valeur esthétique. Comme un humain, pensa l'esprit humain à l'intérieur du Chercheur, visite une exposition de peinture, s'arrête pour contempler quelque tableau qui, par sa composition et ses couleurs, lui transmet sa vérité, — une vérité qui ne pourrait s'exprimer par des paroles, mais qui n'a pas besoin de paroles.

Un esprit humain à l'intérieur du corps du Chercheur, plus un autre esprit ; un esprit qui remontait lentement à la surface, un esprit qui n'aurait pas dû être là, un esprit qui aurait dû disparaître quand l'homme synthétique avait abandonné le corps qui abritait cet esprit.

Ses inventeurs, sur la terre, n'avaient pas prévu cela, ils n'avaient pas même imaginé que ce pût arriver. Ils pensaient que le corps et l'esprit extra-terrestres seraient abandonnés comme une vieille dépouille, et ne se manifesteraient plus jamais, ils pensaient que l'humain synthétique qu'ils avaient fabriqué pouvait s'effacer comme une ardoise et repartir vers d'autres missions.

Mais on ne pouvait pas effacer ni gratter. La mémoire et la pensée ne disparurent pas, impossible de s'en débarrasser. Elles persistèrent. Elles avaient été refoulées tout au fond de la conscience de l'humain reformé, mais elles remontaient lentement.

Ainsi, ce n'étaient pas deux créatures qui couraient à travers les plaines de neige et de sable, mais trois, et qui, toutes les trois, occupaient le corps du Chercheur. Et, tandis que le Chercheur captait les images venant des étoiles, le Penseur absorbait les renseignements fournis et les évaluait, il posait les questions et leur cherchait des réponses. Comme si deux parties d'un ordinateur, jusque-là séparées, avaient été réunies : d'une part, la mémoire qui enregistrait les faits, d'autre part le système analytique. Et ces deux parties, enfin réunies, fonctionnaient parfaitement ensemble. Les images n'avaient plus uniquement une valeur esthétique, mais prenaient une signification plus vaste et plus profonde ; morceaux détachés du puzzle de l'univers, elles attendaient en vrac qu'on les assemble, pour découvrir, grâce à ces milliers de fragments minuscules, ce qui se révélerait peut-être comme le plan universel du cosmos.

Trois esprits tremblants, posés en équilibre au bord du gouffre terrifiant de l'éternité. Bouleversés, et d'abord incapables de saisir toutes les implications contenues dans la possibilité qu'ils avaient de trouver toutes les réponses à toutes les questions jamais posées, et que, par l'addition des secrets des étoiles, ils pourraient arriver à mettre le monde en équation et à dire en une seule phrase : Voilà ce que c'est que l'univers.

Mais, à l'intérieur de l'un des esprits, une cloche sonna l'alarme, et il fallut retourner au vaisseau. L'intelligence des hommes de la terre est incontestable, et le corps du Chercheur revint au vaisseau. Pour y vider l'esprit de l'humain synthétique, avant de s'élancer de nouveau dans le ciel, à la poursuite d'autres étoiles. Pour aller d'étoile en étoile, et renvoyer à chaque fois l'homme synthétique dans le corps des êtres intelligents qui pourraient habiter ces planètes, pour y moissonner des informations qui permettraient bientôt à l'homme de traiter avec ces intelligences, pour le plus grand bien de l'humanité.

Mais quand Convertisseur revint au vaisseau, quelque chose n'était pas normal. Quelque chose était arrivé.

Pendant un millième de seconde, le sentiment que quelque chose n'allait pas, puis le néant, — le néant jusqu'à ce moment. Un demi-réveil, où l'un d'eux seulement était éveillé. Eveillé et perplexe. Mais maintenant, ils étaient enfin tous les trois réunis, ces trois esprits devenus frères.

— Convertisseur, ils ont peur de nous. Ils ont découvert qui nous sommes.

— Oui, Chercheur. Mais peut-être qu'ils se trompent. Ils ne peuvent pas tout savoir sur nous. Ils ne peuvent que deviner.

— Mais ils ont agi tout de suite, dit Chercheur. Ils n'ont pris aucun risque. Ils ont vu que quelque chose n'allait pas, et ils nous tombent dessus. Ils nous tombent dessus et c'est tout.

— Ah, les hommes sont comme ça, lui dit Convertisseur.

— Mais tu es un homme, Convertisseur.

— Je ne sais pas, Penseur. C'est à toi de me dire qui je suis.

On entendit un bruit de course dans le couloir, et une voix cria :

— Il est entré là. Kathy dit qu'elle l'a vu entrer là.

Le bruit de la course effrénée se rapprocha, et des internes en blouse blanche firent irruption dans la pièce.

— Est-ce que vous avez vu un loup ? Monsieur, cria l'un d'eux.

— Non, dit Blake, je n'ai pas vu de loup.

— C'est pas normal ce qui se passe ici, dit un autre interne. Kathy n'a pourtant pas menti. Elle a vu quelque chose. Ça lui a fait une peur...

Le premier interne s'avança d'un air menaçant.

— Monsieur, si vous avez l'intention de plaisanter...

Une panique incontrôlable, comme un raz de marée, submergeait les deux autres esprits, — panique causée par ces étrangers, qui, eux-mêmes en terrain inconnu, créaient une situation menaçante. Insécurité, impossibilité de comprendre, manque de bases pour évaluer la situation...

— Non ! hurla Blake. Non ! Attendez...

Mais c'était trop tard. La métamorphose avait déjà commencé, l'esprit de Chercheur avait pris la relève, et une fois que le processus de changement s'était mis en marche, il n'y avait aucun moyen de l'arrêter. « Idiots ! cria Blake, mentalement. Idiots ! »

Les internes reculèrent et regagnèrent le couloir au milieu d'une violente bousculade.

Toutes griffes dehors, les babines relevées sur des crocs étincelants, sa fourrure argentée brillant doucement sous la lumière électrique, Chercheur, prêt à bondir, se dressait devant eux.

CHAPITRE XIV

Ramassé sur lui-même, Chercheur émit un grondement de terreur.

Il était pris au piège, et il n'y avait pas d'issue. Aucune ouverture derrière lui, ni sur les côtés. Il ne pouvait sortir que par le trou qui donnait sur le tunnel extérieur, mais celui-ci était encombré d'une meute hurlante de ces choses bizarres qui marchaient sur leurs deux pattes postérieures et s'enveloppaient de peaux artificielles. Leurs corps empestaient, et leurs esprits émettaient des ondes si puissantes qu'elles en formaient comme un mur mobile et que Chercheur était obligé de s'arc-bouter pour ne pas être renversé. Des ondes où il ne percevait aucune intelligence, mais un mélange chaotique de terreur et de haine.

Lentement, Chercheur fit un pas en avant, et la meute recula, et ce recul provoqua chez lui une intense sensation de triomphe qui lui fit frissonner l'échine. Des souvenirs ancestraux remontèrent du fond des âges, et la fierté guerrière de la race, brusquement retrouvée, explosa en un rugissement sauvage, qui sema la débandade parmi la horde étrangère.

Chercheur bougea. Il fila comme l'éclair dans le tunnel et tourna sur sa droite. Une créature sortie du mur se précipita vers lui en levant au-dessus de sa tête quelque chose qui devait être une arme. Chercheur changea de route pour aller au-devant d'elle. Il balança sa tête massive en avant, et lui porta un coup terrible, un coup qui écrasa et déchira les chairs, et renversa la créature, hurlante et pantelante.

Chercheur se retourna pour faire face aux créatures qui chargeaient vers lui. Ses griffes laissaient des traces profondes sur le sol, et il se jeta sur la horde de toute sa vitesse. Il mordait à droite et à gauche, ses crocs déchiraient la chair et sa rage semblait emplir le tunnel d'une brume sanglante.

Maintenant, toutes les créatures prenaient la fuite, sauf celles qui gisaient sur le sol, et dont certaines rampaient tandis que d'autres se contentaient de gémir, immobiles.

Chercheur effectua une glissade et s'arrêta, à demi assis, les pattes de derrière repliées, mais sans que sa croupe touche le sol. Il rejeta la tête en arrière et hurla, — il poussa le vieux cri de guerre ancestral, ignoré jusqu'en cet instant, le vieux cri de triomphe et de défi qui, en des temps anciens, avait retenti à travers la lointaine planète de neige et de sable.

Le tunnel avait disparu, et il lui semblait respirer l'air pur et sec de sa patrie au lieu des odeurs étranges et nauséabondes de l'endroit où il se trouvait. Brusquement, il était devenu l'un de ces très anciens Chercheurs d'autrefois, l'un de ces fiers guerriers qui, en d'autres temps, avaient livré de longues et terribles batailles contre des hordes de créatures écailleuses qui leur disputaient la domination de la planète.

Puis les odeurs, l'exiguïté des lieux et la dureté de la lumière lui revinrent et balayèrent le temps et l'espace de sa planète retrouvée. Il se releva, et se remit en marche avec hésitation. Devant lui, le tunnel était libre, mais au loin, il voyait courir des créatures et l'air était encombré et enténébré d'ondes mentales, fragmentaires mais puissantes, qui venaient de toutes les directions.

— Convertisseur !

— L'escalier, Chercheur. Va vers l'escalier.

— L'escalier ?

— La porte. L'ouverture fermée. Celle qui est surmontée d'un signe. Le petit carré plein de caractères rouges.

— Je le vois. Mais la porte est pleine.

— Pousse-la, et elle s'ouvrira. Sers-toi de tes bras, et pas de ton corps. Fais attention, je t'en prie. Sers-toi de tes bras. Tu t'en sers si rarement que tu oublies que tu en as.

Chercheur bondit vers la porte.

— Tes bras, idiot, tes bras !

Chercheur jeta tout son corps contre la porte. Elle céda d'un côté et il se glissa vite dans l'ouverture. Il était dans une sorte de cabine dont le sol était formé d'étroites lamelles qui descendaient. Ce doit être l'escalier, se dit-il.

Il descendit, lentement d'abord, puis plus vite, l'habitude venant. Il arriva dans une autre cabine, et, après un court palier, les marches recommençaient.

— Convertisseur ?

— Continue à descendre. Descends trois étages. Puis pousse la porte, et tu arriveras dans une grande salle. Elle sera pleine de monde. Continue tout droit jusqu'à une large ouverture, sur ta gauche. Sors par là et tu te retrouveras dehors.

— Dehors ?

— A la surface de la planète. Hors du bâtiment (de la grotte) où nous sommes. Ici, ils ont des grottes à la surface du sol.

— Et alors ?

— Alors, cours !

— Convertisseur, tu devrais me remplacer. Tu sais ce

qu'il faut faire. Tu es comme ces créatures. Tu pourrais sortir facilement, tu n'aurais qu'à marcher.

— Je ne peux pas. Je n'ai pas de vêtements.

— Les housses ? Les peaux artificielles ?

— C'est bien ça.

— Mais c'est idiot. Les vêtements...

— On ne va nulle part sans en avoir. C'est la coutume.

— Et tu es obligé d'observer la coutume ?

— Ecoute, tu vas prendre toutes les créatures par surprise. Elles resteront immobiles, pétrifiées, à te regarder. Tu ressembles à un loup et...

— Tu me l'as déjà dit, et je n'aime pas ça. C'est sale...

— C'est une espèce qui est maintenant éteinte. Une créature effrayante qui frappe les gens de terreur. Ils auront peur en te voyant.

— C'est bon, c'est bon. Qu'est-ce que tu en penses, Penseur ?

— Débrouillez-vous tous les deux, dit Penseur. Je n'ai aucun renseignement. Je ne peux vous être d'aucune aide. Nous devons nous en remettre à Convertisseur. C'est sa planète, il la connaît.

— C'est bon, allons-y.

Chercheur descendit rapidement l'escalier. La peur l'entourait de tous côtés. Des ondes mentales qui déferlaient sur lui sans relâche.

« Si on s'en sort, pensa Chercheur, si on s'en sort... »

Accablé par le doute et l'incertitude, il sentait la terreur monter en lui.

— Convertisseur ?

— Continue. C'est parfait.

Il descendit encore un étage et s'arrêta devant la porte.

— Celle-là ?

— Oui, et fais vite. Cette fois-ci, n'oublie pas de te servir de tes bras. Si tu jettes ton corps sur la porte, elle ne s'ouvrira peut-être pas assez, elle se refermera et nous enfermera ici.

Chercheur rectifia la position, et tendit les bras devant lui. Le corps ramassé, il se jeta sur la porte.

— A gauche, Convertisseur ? L'ouverture à gauche ?

— Oui, à dix fois la longueur de ton corps.

Les bras étendus de Chercheur heurtèrent la porte qui s'ouvrit. Son corps fut catapulté dans la pièce. Il eut la sensation confuse de cris d'horreur, de bouches ouvertes et de créatures détalantes, puis, ce fut l'ouverture sur la gauche. Il tourna et plongea vers la porte. Il vit un groupe de créatures se diriger du dehors vers l'ouverture, des créatures étranges qui peuplaient cette planète, mais couvertes de peaux artificielles différentes. Elles ouvrirent la bouche pour crier, et levèrent leurs mains qui tenaient des objets crachant le feu dans un bruit de tonnerre.

Tout près de lui, quelque chose s'écrasa sur du métal avec un bruit creux et plaintif, et quelque chose d'autre s'enfonça dans du bois qui craqua. Alors, Chercheur, incapable de s'arrêter même s'il l'avait voulu, se retrouva au milieu du groupe de créatures, lançant le vieux cri de guerre de sa race, et ses crocs déchiraient et ses mains frappaient. Au milieu d'eux un instant, puis au-delà d'eux, et filant de toute sa vitesse le long d'une de ces immenses grottes qui s'élevaient vers le ciel.

Derrière lui éclataient des détonations, et des objets lourds qui se déplaçaient à grande vitesse frappaient le sol devant lui et en faisaient sauter des fragments de toutes parts.

C'était peut-être la nuit, pensa-t-il, car il n'y avait pas de grande étoile au-dessus de lui, mais beaucoup de petites étoiles lointaines qui scintillaient dans le ciel, et c'était bien ainsi, se dit-il, car il était impensable qu'une planète ne fût pas couverte par un dais d'étoiles.

Il y avait les odeurs, mais elles n'étaient plus aussi

fortes, aussi âcres et violentes qu'à l'intérieur ; elles étaient maintenant plus douces et plus agréables.

Derrière lui, les mêmes sons continuaient à éclater et les mêmes petites choses continuaient à le frôler. Puis il atteignit le bout d'une des grottes verticales, tourna le coin, courant toujours, car il n'oubliait pas que Convertisseur lui avait recommandé de courir. Et il jouissait de la course, du jeu facile et bien huilé de ses muscles, et de sentir un sol solide sous ses pattes.

Maintenant, pour la première fois depuis que tout avait commencé, il avait l'occasion d'observer la planète, qui, sous certains aspects, paraissait très, très active. Et qui, en même temps, avait des côtés très étranges. Qui avait jamais entendu parler d'une planète au sol entièrement recouvert d'un matériau artificiel ? Car ce matériau commençait au bord de la grotte verticale, et continuait droit devant lui, aussi loin qu'il pouvait voir. Partout où se posait son regard, il voyait d'autres grottes, dont beaucoup étaient percées de petits carrés de lumière, et devant beaucoup d'entre elles, dans de petits enclos métalliques, s'élevaient des reproductions en pierre ou en métal des habitants de la planète. Quelle était leur raison d'être ? se demanda Chercheur. Il se demanda si, au moment de leur mort, ces créatures étaient changées en pierre ou en métal et laissées à l'endroit où elles étaient mortes. Mais cela ne paraissait pas vraisemblable, car beaucoup des créatures de pierre ou de métal semblaient plus grandes que les créatures vivantes qu'il avait vues. Mais, bien entendu, il était possible qu'il y ait des créatures de tailles différentes, et peut-être que seules les plus grandes étaient métamorphosées en pierre ou en métal.

Il y avait peu de résidents en vue, à part quelques-uns, très loin devant lui. Mais, se déplaçant très rapidement à la surface du sol, il y avait des formes métalliques avec d'énormes yeux brillants, et dont la course remuait l'air dans un bruit de tonnerre. De ces formes métalliques venaient des ondes mentales, la sensation d'une chose vivante, mais d'une chose vivante qui, en beaucoup de cas, aurait eu plusieurs cerveaux. Et ces ondes mentales étaient douces et paisibles, et non chargées de terreur et de haine comme celles qu'il avait perçues dans la grotte.

C'était étrange, bien sûr, mais, se dit Chercheur, ce serait bien extraordinaire de ne rencontrer qu'une sorte de créatures vivantes sur une planète. Jusqu'à présent, il connaissait les créatures protoplasmiques qui marchaient sur leurs deux pattes de derrière, et les choses métalliques qui se déplaçaient rapidement en émettant de la lumière par les yeux et qui avaient plus d'un cerveau. Il se rappelait aussi cette autre fois, par cette nuit chaude et humide, où il avait perçu beaucoup d'autres formes de vie qui semblaient avoir peu d'intelligence, sinon pas du tout, des êtres qui étaient à peine plus que des amas de matière douée de vie.

Si seulement cette planète n'était pas si chaude et son atmosphère si lourde et oppressante, elle serait très intéressante, pensa-t-il. Bien que très déroutante.

— Chercheur.

— Qu'est-ce qu'il y a, Convertisseur ?

— Tourne à droite. Les arbres. La haute végétation. Tu les vois se détacher sur le ciel. Va vers eux. Si nous pouvons y arriver, nous serons à l'abri un moment.

— Convertisseur, qu'est-ce que nous allons faire maintenant ? demanda Penseur.

— Je ne sais pas. Il va falloir y penser. Tous les trois ensemble.

— Ces créatures vont nous pourchasser ?

— Je le suppose.

— Nous devrions n'être qu'un seul esprit. Chercheur et moi nous devrions savoir tout ce que tu sais.

— Ça viendra, dit Chercheur. Nous n'avons pas eu le temps. Il s'est passé trop de choses. Nous avons été distraits.

— Tâche d'atteindre les arbres, dit Convertisseur, et là, nous aurons le temps.

Chercheur s'éloigna de l'immense grotte qui s'élançait vers le ciel, et, traversant une grande étendue de sol artificiel, se dirigea vers les arbres. Dans le violent sifflement de l'air déplacé, une créature métallique aux yeux flamboyants sortit des ténèbres, fit un crochet, et chargea droit sur lui. Chercheur accéléra son allure. Oreilles couchées, queue pointée droit en arrière, corps frôlant le sol, il filait comme l'éclair.

Convertisseur l'encouragea joyeusement.

— Cours, pauvre loup ! Cours, chacal décharné ! Cours, renard frénétique !

CHAPITRE XV

Le chef du personnel était un homme calme et pondéré. Pas le genre d'homme à taper sur la table.

Et pourtant, il était en train de taper sur la table.

— Ce que je voudrais savoir, grondait-il, c'est le nom de l'abruti qui a téléphoné à la police. Nous pouvions nous occuper de ça nous-mêmes. Nous n'avions pas besoin de la police.

— J'imagine, Monsieur, que celui qui a appelé pensait avoir une bonne raison de le faire. Le corridor était jonché de blessés, dit Michael Daniels.

— Nous nous en serions occupés nous-mêmes. C'est notre spécialité. Nous nous serions occupés d'eux, et nous aurions procédé beaucoup plus méthodiquement.

— Il faut comprendre que tout le monde devait être retourné, dit Cordon Barnes. Un loup dans...

Le chef du personnel le fit taire du geste et s'adressa à l'infirmière.

— Miss Gregerson, c'est vous la première qui avez vu cette chose.

La jeune fille était encore pâle de frayeur, mais elle hocha la tête.

— Je suis sortie d'une chambre, et je l'ai vu dans le corridor. Un loup. J'ai lâché mon plateau et je me suis sauvée en criant. C'était effrayant...

— Vous êtes sûre que c'était un loup ?

— Oui, Monsieur, j'en suis sûre.

— Comment pouvez-vous en être sûre. Ç'aurait pu être un chien.

— Dr Winston, vous déplacez le problème, dit Daniels. Que ce soit un chien ou un loup ne change rien à la question.

Le chef du personnel le foudroya du regard, puis eut un geste d'impatience.

— C'est bon, dit-il, c'est bon. Sortez tous. Si vous voulez bien rester, Dr Daniels, j'aimerais vous parler.

Ils attendirent tous les deux que les autres soient sortis.

— Et maintenant, Mike, asseyons-nous et essayons de de comprendre, dit le chef du personnel. Vous étiez le docteur de Blake, n'est-ce pas ?

— Oui, je l'étais. Vous le connaissez, docteur. C'est l'homme qu'on a trouvé dans l'espace, congelé et encapsulé.

— Oui, je sais, dit Winston. Mais qu'est-ce qu'il a à voir avec tout ça ?

— Je n'en suis pas sûr, dit Daniels, mais je pense que le loup, c'était lui.

Winston fit la grimace.

— Allons, allons, dit-il. Vous ne croyez pas que je vais avaler ça. Ce que vous dites, c'est que Blake était probablement un loup-garou.

— Vous avez lu les journaux du soir ?

— Non, j'y ai seulement jeté un coup d'œil. Mais qu'est-ce que les journaux ont à faire avec ce qui est arrivé ici ?

— Rien, peut-être, mais j'incline à penser...

Daniels n'acheva pas sa phrase. Dieu du Ciel, se dit-il, c'est trop fantastique. Des choses comme ça ne peuvent pas arriver. Et pourtant, c'était la seule chose qui pouvait expliquer ce qui s'était passé au troisième étage, une heure ou deux plus tôt.

— Qu'est-ce que vous inclinez à penser, Dr Daniels ? Si vous avez des informations, faites m'en part. Bien entendu, vous réalisez ce que cette histoire signifie pour nous. De la publicité, — beaucoup trop de publicité, et pas de la plus désirable. C'est du sensationnel, et le sensationnel ne convient pas à un hôpital. Je me refuse à imaginer ce que les journaux et le dimensino sont en train d'en faire, en ce moment même. Et la police va faire une enquête. Ils sont déjà en train de fureter partout. Ils parlent à des tas de gens qu'ils n'ont pas le droit d'interroger, et posent des questions qu'ils n'ont pas le droit de poser. Et des investigations de toutes sortes. Peut-être même une interpellation au Congrès. Sans compter que l'Administration Spatiale va nous prendre à la gorge, pour savoir ce qui est arrivé à leur petit chouchou, ce Blake de malheur. Et je ne peux pas leur dire, Daniels, qu'il s'est changé en loup.

— Pas en loup, Monsieur. Mais en une créature extra-terrestre, qui ressemble beaucoup à un loup. Rappelez-vous que la police a déclaré avoir vu un loup avec des bras.

Le chef du personnel poussa un grognement.

— Personne d'autre ne l'a dit. La police était paniquée. Ils ont tiré en plein milieu du hall. Une balle a manqué la réceptionniste d'un cheveu. Elle s'est écrasée dans le mur, quelques centimètres au-dessus de sa tête. Ils avaient peur, croyez-moi. Ils ne savent même pas ce qu'ils ont vu. Au fait, qu'est-ce que vous disiez à propos d'une créature extra-terrestre ?

Daniels prit une profonde inspiration et fonça.

— Un témoin du nom de Lucas a déposé cet après-midi, au cours des débats sur la biotechnique. Il a déterré quelques vieux dossiers concernant deux hommes synthétiques fabriqués il y a environ deux cents ans. Il dit qu'il a découvert ces dossiers dans les archives de l'Administration Spatiale...

— Pourquoi ces archives ? Pourquoi des dossiers de ce genre...

— Attendez, dit Daniels. Vous n'avez pas entendu le plus beau. C'étaient des androïdes fabriqués suivant le principe de non-finition...

— Grands Dieux ! s'exclama Winston.

Il regarda Daniels d'un œil vitreux.

— Le vieux principe du loup-garou ! Un organisme qui peut se métamorphoser, qui peut se changer en n'importe quoi. C'est ce vieux mythe...

— Apparemment, ce n'était pas un mythe, dit Daniels d'un air sinistre. Deux androïdes ont été synthétisés et sont partis à bord de vaisseaux d'exploration et d'étude.

— Et vous pensez que Blake est l'un d'eux ?

— Je me le demande. Lucas a témoigné cet après-midi que tous deux ont été envoyés dans l'espace. Puis les dossiers se taisent à leur sujet. On ne mentionne nulle part leur retour.

— Ça ne tient pas debout, protesta Winston. Ça fait deux cents ans, bon Dieu, ne l'oubliez pas. S'ils avaient été capables de fabriquer des androïdes, à cette époque, ils pulluleraient partout, maintenant. Ils n'en auraient pas fait deux, pour abandonner complètement la fabrication.

— Si, dit Daniels. Au cas où ces deux-là n'auraient pas bien fonctionné. Supposons que non seulement les deux androïdes ne sont pas revenus, mais aussi les vaisseaux sur lesquels ils étaient embarqués. Qu'ils ont tout simplement disparu dans le néant, et qu'on n'a plus entendu parler d'eux. Non seulement on ne fabriquerait plus d'androïdes, mais on enterrerait au plus profond des archives les dossiers témoins de cet échec. Ce sont des choses que l'Administration Spatiale préférerait cacher.

— Mais ils ne pouvaient pas savoir si les androïdes

avaient quelque chose à faire avec la disparition des
vaisseaux. A ces époques reculées, il était fréquent que
des vaisseaux ne rentrent pas. Et ça arrive même encore aujourd'hui.

Daniels secoua la tête.

— Un vaisseau, peut-être. N'importe quoi peut causer
la disparition d'un vaisseau. Mais deux, qui ont tous
deux en commun le fait d'avoir un androïde à bord...
N'importe qui se dirait que c'est la faute de l'androïde.
Ou que l'androïde pourrait avoir provoqué certaines
circonstances...

— Je n'aime pas ça, gémit le chef du personnel. Ça
sent mauvais. Ça ne me plaît pas de m'empêtrer dans
les affaires de l'Administration Spatiale. Ils ont beaucoup d'influence, et ils n'aimeraient pas qu'on aille leur
chercher des poux dans la tête. Et, de toute façon, je ne
vois pas le rapport avec la métamorphose de Blake en
loup, comme vous dites.

— Je vous l'ai déjà dit, pas en loup. Mais en une
créature extra-terrestre qui a l'apparence d'un loup, dit
Daniels. Supposez que le principe du loup-garou n'ait
pas marché comme on le voulait. En utilisant des
informations tirées d'un captif extra-terrestre, l'androïde
devait se métamorphoser en cet extra-terrestre, et vivre
un certain temps sous cette forme. Puis les caractéristiques extra-terrestres devaient être effacées, et l'androïde
devait redevenir un homme, capable de se changer en
toute autre créature. Mais supposons...

— Je comprends, dit Winston. Supposons que ça n'ait
pas marché. Supposons que les caractères extra-terrestres n'aient pas pu être effacés. Supposons que l'androïde soit resté, à la fois humain et extra-terrestre,
— deux créatures en une seule, et celle qu'il voulait,
au choix.

— C'est exactement ce que j'ai pensé, dit Daniels.
Parce qu'il y a autre chose. Nous avons fait l'encéphalogramme de Blake, et il montrait quelque chose

d'étrange. Comme s'il avait plus d'un esprit. Comme des esprits fantômes révélés par les courbes.

— Des esprits ? Vous voulez dire plus d'un ?

— Je ne sais pas, dit Daniels. Les indications étaient trop légères. On ne peut pas être sûr.

Winston se leva et se mit à arpenter la pièce de long en large.

— J'espère que vous vous trompez, dit-il. Je crois que vous vous trompez. Ça ne tient pas debout.

— C'est pourtant une façon d'expliquer ce qui s'est passé, s'entêta Daniels.

— Mais il y a une chose que ça n'explique pas. On a retrouvé Blake congelé, dans une capsule. Pas trace du vaisseau. Pas le moindre débri. Comment expliquez-vous cela ?

— Je ne l'explique pas, dit Daniels. Il n'y a aucun moyen de l'expliquer. Nous ne pouvons pas savoir ce qui est arrivé. Quand vous parlez de débris, vous présumez que le vaisseau a été détruit. Mais nous ne savons pas si c'est ce qui est arrivé. Même si c'était le cas, en deux cents ans, les épaves auraient dérivé loin du lieu de la catastrophe. D'autre part, il y avait peut-être des débris dans le voisinage de la capsule, et on ne les a pas vus. Dans l'espace, la visibilité est faible. A moins qu'un objet ne reflète de la lumière, on ne le voit pas.

— Maintenant, vous pensez peut-être que l'équipage s'est aperçu de ce qui était arrivé, et qu'ils avaient expédié Blake dans l'espace, congelé dans sa capsule. Pour s'en débarrasser ? Pour s'en débarrasser proprement ?

— Je ne sais pas. Il n'y a aucun moyen de savoir. Nous ne pouvons que spéculer, et il y a tant de suppositions possibles que nous ne saurons jamais si nous sommes tombés sur la bonne. Si ce que vous dites est vrai, si l'équipage s'est débarrassé de Blake, pourquoi le vaisseau n'est-il pas revenu ? On explique une chose, et on se trouve en face d'un autre mystère, et il n'y a pas de raison pour que ça finisse. C'est sans espoir.

Winston s'arrêta, et revint s'asseoir à son bureau. Il tendit la main vers le communicateur.

— Quel est le nom du témoin qui a déposé ?

— Lucas. Dr Lucas. Je ne me souviens pas de son prénom, mais il doit être dans les journaux. La téléphoniste doit en avoir un.

— Nous ferions mieux de demander aux sénateurs de venir, s'ils le peuvent. Horton, — Chandler Horton. Comment s'appelle l'autre ?

— Salomon Stone.

— C'est bon, dit Winston. On verra ce qu'ils en pensent, eux et Lucas.

— L'Administration Spatiale aussi ?

Winston secoua la tête.

— Non. Pas pour le moment. J'aime mieux faire ma petite enquête avant d'avoir affaire à eux.

CHAPITRE XVI

C'était une toute petite grotte, — à peine plus grande qu'un creux sous un éperon rocheux, au milieu d'une pente abrupte. Au pied de la pente, les eaux violentes d'un torrent coulaient sur un lit de cailloux. L'entrée de la grotte était jonchée de minuscules éclats de rocs, arrachés à la paroi au cours des âges, et qui glissaient traîtreusement sous les pattes de Chercheur comme il se hissait péniblement jusqu'à la grotte. Il parvint quand même à s'y glisser, et à s'y retourner de façon à regarder au-dehors.

Protégé sur les flancs et sur ses arrières, il se sentait pour la première fois en sécurité, mais il savait que c'était une sécurité illusoire. En ce moment même, les créatures de cette planète étaient à sa poursuite, et ils ne seraient pas longtemps avant de passer toute cette région au peigne fin. Certainement, il devait avoir été vu par la créature métallique qui l'avait chargé dans la nuit, avec ses yeux étincelants qui lançaient de la lumière et son grand bruit de tempête. Il s'était réfugié sous les arbres juste avant qu'elle l'atteignît, et il frissonna à ce souvenir. S'il avait dû courir encore trois fois la longueur de son corps, elle l'aurait écrasé.

Il se détendit, s'obligeant à relâcher chaque muscle de son corps.

Puis, l'esprit en éveil, il se mit à chercher, sonder, capter, percevoir. Il y avait de la vie, plus de vie qu'il l'aurait pensé. C'était une planète surpeuplée, grouillante de vie. Des formes de vie minuscules, sans intelligence ni pensée, qui existaient et rien de plus. Il y avait de petites intelligences, vives, remuantes et apeurées, — mais leur intelligence était si faible et stérile qu'ils étaient à peine conscients de la vie et des dangers qui les menaçaient. Une chose vivante courait, reniflant et cherchant, l'esprit obsédé par le désir de tuer, une chose vicieuse et terrible et affamée. Trois formes étaient blotties au même endroit, un endroit sûr et caché, car leurs esprits semblaient contents et satisfaits. Et d'autres, — beaucoup d'autres. De la vie, dont certaines formes étaient douées d'intelligence. Mais nulle part il ne perçut cette sensation aiguë, violente et terrible des choses qui vivaient dans les grottes verticales.

Une planète malpropre, pensa Chercheur, sale et en désordre, avec trop de vie, trop d'eau et trop de végétation, avec un air trop épais et trop lourd, et un climat beaucoup trop chaud. Un endroit où l'on ne se sentait en sécurité nulle part et où on ne pouvait pas se permettre de se reposer, un endroit où il fallait sans cesse être aux aguets, et où l'on pouvait craindre à tout moment qu'un danger échappant à votre vigilance vous saisisse à la gorge. Les arbres gémissaient doucement, et il se demanda, en les écoutant, si c'étaient les arbres eux-mêmes qui faisaient ce bruit, ou s'il était produit par l'atmosphère en mouvement qui les agitait.

Et il sut que c'était la friction du vent contre la substance des arbres qui produisait le bruissement des feuilles et le craquement des branches, que les arbres eux-mêmes ne pouvaient produire aucun bruit ; il sut que les arbres et toute la végétation de cette planète appelée la Terre, étaient doués de vie, mais dépourvus d'intelligence et de sensations. Et il sut que les grottes étaient des bâtiments, et que les humains n'étaient pas organisés en tribus mais en cellules sexuées qu'on appelait des familles, et que le bâtiment dans lequel vivait une famille s'appelait une maison.

Ces informations l'engloutirent comme une lame de fond. Terrorisé, il se débattit pour en sortir, et la vague se retira. Mais son esprit avait acquis toutes les connaissances de la planète, toutes les informations qui reposaient dans l'esprit de Convertisseur.

— Excuse-moi, dit Convertisseur. Tu n'avais pas le temps d'assimiler toutes ces connaissances, de te familiariser avec elles et de les classer. Je te les ai transmises toutes à la foi. Mais maintenant, elles sont toutes à ta disposition.

Chercheur essaya d'en faire rapidement l'inventaire, mais s'arrêta, découragé, devant l'ampleur de la tâche.

— Beaucoup d'entre elles ne sont plus valables, dit Convertisseur. Et il y a beaucoup de choses que je ne connais pas. Tu connais maintenant la planète telle qu'elle était il y a deux cents ans, plus ce que j'ai appris depuis mon retour. J'insiste là-dessus, que ces informations ne sont pas complètes, et que certaines sont maintenant sans valeur.

Chercheur se tapit contre le sol rocheux de la grotte, sondant les ténèbres des bois, rectifiant et renforçant le réseau de détection qu'il avait déployé dans toutes les directions.

Il se sentit désespéré. Le mal du pays, le souvenir de sa planète de neige et de sable, — et l'impossibilité d'y retourner. Il n'y retournerait peut-être jamais. Et il resterait sur cette planète désordonnée, où il y avait trop de vie et trop de dangers, sans savoir où aller, sans savoir quoi faire. Pourchassé par les créatures maîtresses de la planète, des créatures qui étaient plus terribles qu'il ne l'avait d'abord pensé, il le savait maintenant. Rusées, brutales et illogiques, dominées par la haine et la peur, et en proie aux instincts meurtriers d'une espèce en évolution.

— Convertisseur, demanda-t-il, qu'est devenu mon autre corps ? Celui que j'habitais avant l'arrivée des humains ? Je me souviens que vous l'aviez fait prisonnier. Qu'est-ce que vous en avez fait ?

— Mais ce n'est pas moi ! Je ne l'ai pas fait prisonnier ! Je n'y ai jamais touché.

— Ne cherche pas d'échappatoire comme les humains. Ne cherche pas refuge dans la linguistique... Ce n'est peut-être pas toi tout seul, pas toi personnellement...

— Chercheur, ne te laisse pas aller à ces façons de penser, dit Penseur. Nous sommes tous les trois enfermés dans la même prison, si on peut parler de prison. Pour ma part, je crois que ce n'en est pas une, mais que la situation finira par tourner à notre avantage. Nous partageons le même corps, mais nos trois esprits sont plus proches que jamais esprits ne l'ont été. Il ne faut pas nous quereller, nous ne pouvons pas nous le permettre. Il faut rester unis pour travailler. Nous devons nous harmoniser. Si nous avons des différends, il nous faut les éclaircir immédiatement, et ne pas les laisser s'envenimer.

— Mais c'est exactement ce que je suis en train de faire, dit Chercheur. Cette idée me tourmente : qu'est-ce qui est arrivé à mon premier Moi ?

— Ce premier corps fut disséqué, lui dit Convertisseur. Et analysé, molécule par molécule. Il n'y avait aucun moyen d'en réassembler les parties.

— Tu veux dire que vous m'avez assassiné ?

— Si tu veux.

— Et Penseur aussi ?

— Penseur aussi. Il a même été le premier.

— Penseur, tu n'en éprouves pas du ressentiment ? demanda Chercheur.

— Le ressentiment ne servirait à rien.

— Ce n'est pas une réponse, et tu le sais bien.

— Je ne suis pas sûr de ce que je pense, dit Penseur. Il faudrait que j'y réfléchisse. Bien entendu, les violences engendrent le ressentiment. Mais j'inclinerais à penser que ce qui nous est arrivé est une transfiguration plutôt qu'une violence. Si cela ne m'était pas arrivé, je n'aurais jamais pu vivre dans ton corps, ni entrer en contact avec ton esprit. Toutes les informations que tu as rassemblées sur les étoiles auraient été perdues pour moi, car je ne les aurais jamais connues, et cela aurait été lamentable. Et toi, de ton côté, c'est à cause de ce qu'ont fait les humains que tu connais le sens des images venant des étoiles, que tu avais recueillies. Tu aurais simplement continué à enregistrer des images, à les admirer, et tu ne te serais peut-être jamais demandé ce qu'elles voulaient dire. Et je ne conçois rien de plus tragique que de se trouver au seuil du mystère, sans même s'interroger sur lui.

— Je ne suis pas sûr, dit Chercheur, de préférer la recherche au mystère.

— Mais n'en vois-tu donc pas la beauté ? dit Penseur. Nous voilà tous les trois réunis, aussi différents qu'on peut l'être. Trois espèces absolument distinctes. Toi, Chercheur, le dur, le bandit ; Convertisseur, le rusé machinateur ; et moi...

— Et toi, dit Chercheur, le sage, le prévoyant...

— J'allais dire, le chercheur de vérité, dit Penseur.

— Si cela peut vous faire plaisir, interrompit Convertisseur, je vous dirai que je ne suis pas tellement fier de la race humaine. A beaucoup d'égards, je ne les aime pas plus que vous ne les aimez.

— Et tu as de bonnes raisons pour ça, dit Penseur. Car tu n'es pas un humain. Tu as été fabriqué par les humains, tu es un agent des humains.

— Et pourtant, dit Convertisseur, il faut bien être quelque chose. J'aime mieux être humain que rien du tout. Il est impossible d'exister, seul.

— Tu n'es pas seul, dit Penseur. Nous sommes tous les deux avec toi.

— Quand même, dit Convertisseur, j'insiste pour être considéré comme un humain.

— Là, je ne te comprends pas, dit Penseur.

— Moi, je crois que je te comprends, dit Chercheur. Là-bas, à l'hôpital, j'ai ressenti quelque chose que je n'avais jamais ressenti auparavant, quelque chose qu'aucun Chercheur n'avait peut-être ressenti depuis des siècles. C'est l'orgueil de la race, je dirai même plus, l'orgueil de l'esprit combatif de la race, qui sommeillait au plus profond de moi, sans que je le sache. Je crois, Convertisseur, qu'il y a très longtemps, ma race était aussi agressive que la tienne. Et c'est un sujet d'orgueil que d'appartenir à une telle race. Cela vous donne de la force et de la dignité. C'est un sentiment que Penseur et les siens ne pourraient peut-être pas ressentir.

— Mon orgueil, si j'en avais, dit Penseur, serait d'une nature différente et inspiré par des motifs différents. Mais je n'exclus pas qu'il existe bien des sortes d'orgueil.

Chercheur reporta son attention vers la colline et les bois, alerté par un danger imprécis capté par le réseau de détection qu'il avait déployé.

— Chut ! dit-il aux deux autres.

Il perçut des indices, faibles, éloignés, et se concentra sur eux. Ils étaient trois, trois humains, et, peu après, plus de trois, — ils formaient une longue procession, qui avançait prudemment en fouillant les bois. Et il savait qu'ils ne pouvaient chercher qu'une seule chose.

Il perçut faiblement les émissions avancées de leurs ondes mentales. Ils avaient peur, mais ils étaient aussi pleins de colère, et d'un mépris teinté de haine. Mais, malgré la peur et la haine, ils ressentaient l'excitation étrange et sauvage de la chasse, qui les poussait à trouver et à tuer la chose qui était la cause de leur peur.

Chercheur se ramassa et prit son élan pour s'élancer hors de la grotte. Car il n'y avait qu'un moyen d'échapper à ces humains, pensait-il, et c'était de courir, et de courir encore.

— Attends, dit Penseur.

— Mais ils vont nous tomber dessus.

— Pas tout de suite. Ils avancent lentement. Il y a peut-être une meilleure solution. Nous ne pouvons pas courir sans arrêt. Nous avons déjà fait une faute. Il ne faut pas en faire une autre.

— Quelle faute ?

— Nous n'aurions pas dû prendre ta forme. Nous aurions dû rester sous la forme de Convertisseur. C'est une peur aveugle qui a provoqué ce changement.

— Mais nous ne savions rien. Nous avons réagi au danger. On nous menaçait...

— J'aurais pu les avoir au bluff, dit Convertisseur. Mais c'est peut-être mieux comme ça, après tout. Ils avaient des soupçons à mon sujet. Ils m'auraient mis en observation. Ils m'auraient peut-être enfermé. Tandis que maintenant, nous sommes au moins libres.

— Mais pas pour longtemps, dit Penseur, si nous continuons à courir. Ils sont trop, beaucoup trop sur la planète. Nous ne pouvons pas nous cacher d'eux tous. Nous ne pouvons pas les éviter tous. Mathématiquement, nos chances sont si réduites qu'il vaut mieux ne pas en parler.

— Tu as une idée ? demanda Chercheur.

— Pourquoi ne pas prendre ma forme à moi ? Je peux devenir un tas de n'importe quoi, dans cette grotte. Un morceau de roc, peut-être. Et quand ils regarderont, ils ne verront rien d'anormal.

— Pas si vite, dit Convertisseur. Ton idée est bonne, mais elle présente des difficultés.

— Des difficultés ?
— Tu dois bien t'en douter. Pas des difficultés, d'ailleurs, mais une seule. Le climat de cette planète. Il est trop chaud pour Chercheur. Mais beaucoup trop froid pour toi.
— Le froid, c'est le manque de chaleur ?
— C'est exact.
— Le manque d'énergie ?
— C'est bien ça.
— Ça prend du temps de s'y retrouver dans la terminologie, dit Penseur. Il faut la cataloguer et l'assimiler. Je peux supporter un froid modéré. Et pour la cause commune, je peux supporter de grands froids.
— Il ne s'agit pas seulement de supporter, dit Convertisseur. Supporter, c'est faisable, bien sûr. Mais tu as besoin de grandes quantités d'énergie.
— Pourtant, le jour où j'ai pris forme, dans la maison...
— Tu pouvais puiser dans les réserves d'énergie de la maison. Mais ici, il n'y a que la chaleur de l'atmosphère. Et maintenant que le soleil est couché, elle décroît de minute en minute. Il faudra te contenter de l'énergie du corps. Tu ne pourras pas en puiser à des sources extérieures.
— Je comprends, dit Penseur. Mais je peux prendre une forme favorable à la conservation de l'énergie que nous avons. Quand la métamorphose sera faite, je disposerai de toute l'énergie de notre corps ?
— Je le pense. La métamorphose nécessite peut-être un échange d'énergie, mais ce ne doit pas être grand-chose.
— Comment te sens-tu, Chercheur ?
— J'ai chaud, dit Chercheur.
— Ce n'est pas ce que je veux dire. Tu n'es pas fatigué ? Tu ne manques pas d'énergie ?
— Je me sens très bien, dit Chercheur.
— Nous attendrons jusqu'à ce qu'ils soient tout près

d'ici, dit Penseur. Puis, nous prendrons ma forme, et moi, je ne serai rien. Un tas informe. Le mieux, ce serait de m'étaler jusqu'à recouvrir tout le sol de la grotte, mais je perdrais trop d'énergie.

— Ils ne verront peut-être pas la grotte, dit Convertisseur. Ils passeront peut-être sans la voir.

— Nous ne pouvons pas prendre de risque, dit Penseur. Je ne resterai pas sous ma forme une minute de plus qu'il ne faudra. Nous nous retransformerons dès qu'ils seront passés. Si ce que tu dis est vrai.

— Fais les calculs toi-même, suggéra Convertisseur. Tu as toutes les informations que je t'ai données. Tu sais autant de physique et de chimie que moi.

— Les informations, oui, Convertisseur. Mais je ne possède pas les habitudes intellectuelles pour les utiliser. Je ne pense pas de la même manière que toi. Je n'ai pas tes dons mathématiques, et ta capacité de saisir rapidement les principes universels.

— Mais tu es notre penseur.

— Je pense autrement.

— Arrêtez ce bavardage, dit Chercheur avec impatience. Décidons plutôt ce que nous faisons. Dès qu'ils seront passés, nous reprendrons ma forme.

— Non, dit Convertisseur, la mienne.

— Mais tu n'as pas de vêtements.

— Dans la campagne, ça n'a pas d'importance.

— Et tes pieds. Tu n'as pas de chaussures. Il y a des rocs et des épines. Et tu ne vois pas bien dans le noir.

— Ils sont tout près, avertit Penseur.

— C'est vrai, dit Chercheur. Ils descendent la colline.

CHAPITRE XVII

Son émission de dimensino préférée commencerait dans un quart d'heure. Elaine Horton l'avait attendue toute la journée, car elle s'ennuyait à Washington. Déjà, il lui tardait de retrouver la vieille maison de pierre des collines de Virginie.

Elle s'assit, et se mit machinalement à feuilleter un magazine, quand le sénateur entra.

— Qu'est-ce que tu as fait, aujourd'hui ? demanda-t-il.

— J'ai regardé une partie des débats au dimensino.
— Intéressant ?
— Assez. Ce que je ne comprends pas, c'est pourquoi tu t'es donné la peine d'aller déterrer ces vieux trucs d'il y a deux cents ans.

Il éclata de rire.

— Eh bien, en partie, pour secouer Stone. Je ne pouvais pas voir son visage, mais je suppose que les yeux lui sortaient de la tête.

— La plupart du temps, il s'est contenté de regarder droit devant lui d'un air furieux, dit-elle. Je suppose que tu cherchais à prouver que la biotechnique n'est pas aussi nouvelle qu'on le pense.

Il s'assit, prit un journal dont il parcourut distraitement les gros titres.

— Oui, dit-il, et aussi que ce peut être fait, et même que ça a déjà été fait, et bien fait, il y a deux cents ans. Et que si on a pris peur, autrefois, il ne devrait plus en être de même aujourd'hui. Pense à tout le temps perdu, deux cents ans. Et j'ai d'autres témoins qui souligneront ce point, et très vigoureusement.

Il plia le journal et s'installa confortablement pour lire.

— Ta mère est bien partie ?
— Oui, l'avion a décollé un peu avant midi.
— Elle va à Rome, cette fois. Pour des films, de la poésie, ou quoi encore ?
— Des films cette fois. De vieilles copies de la fin du XXe siècle, qu'on vient de retrouver, je crois.

Le sénateur poussa un soupir.

— Ta mère, lui dit-il, est une femme intelligente. Elle apprécie ces choses-là. Mais moi, pas. Elle parlait de t'emmener avec elle. Si tu avais voulu y aller, ça t'aurait peut-être intéressée.

— Tu sais très bien que ça ne m'intéresse pas, dit-elle. Tu es un vieux farceur. Tu te remues beaucoup pour faire croire que tu admires toutes ces vieilles choses qu'aime maman, mais au fond, tu t'en moques complètement.

— Au fond, tu as raison, concéda-t-il. Qu'est-ce qu'il y a au dimensino ? Il y a une petite place pour moi dans la cabine ?

— Tu le sais bien qu'il y a de la place ! Viens donc ! J'attends l'émission d'Horatio Alger. Ça commencera dans dix minutes.

— Horatio Alger, — qu'est-ce que c'est que ça ?
— C'est un feuilleton. Ça continue d'une fois sur l'autre. Horatio Alger, c'est l'auteur. Il a écrit des quan-

tités de livres au commencement du XXe siècle, peut-être même avant. Les critiques de l'époque pensaient que ça ne valait rien, et ils avaient sans doute raison. Mais beaucoup de gens les lisaient, ce qui veut dire, je pense qu'ils avaient quand même une certaine valeur sur le plan humain. Tous racontent l'histoire d'un jeune homme pauvre qui réussit dans la vie, en dépit d'obstacles surhumains.

— Ça m'a l'air assez bébête, dit le sénateur.
— Dans un sens, oui. Mais les producteurs et les auteurs ont transformé ces histoires bêtifiantes en documents sociologiques, entremêlés de satire. Ils ont merveilleusement recréé le décor des histoires, qui se situent à la fin du XIXe siècle, et au début du XXe. Et pas seulement le décor, mais aussi l'atmosphère sociale et morale. C'était une époque barbare, tu sais. Il y a des situations humaines qui te glacent le sang...

Le téléphone bourdonna et le panneau visuel clignota. Le sénateur s'arracha à son siège et traversa la pièce.

Elaine se renversa confortablement dans son fauteuil. Encore cinq minutes avant le début de l'émission. Et elle était contente que le sénateur la regarde avec elle. Elle espérait que rien ne l'appellerait au-dehors. Comme ce coup de téléphone, par exemple. Elle se remit à feuilleter son magazine. Derrière elle, elle entendait le bourdonnement de la conversation.

Le sénateur revint.

— J'ai à sortir, dit-il.
— Tu vas rater Horatio Alger.

Il secoua la tête.

— Je le regarderai un autre jour. C'était Ed Winston, qui m'appelait de St-Barnabé.
— L'hôpital ? Quelque chose qui ne va pas ?
— Il ne s'agit ni de blessés ni de malades, si c'est ce que tu veux savoir. Mais Winston avait l'air retourné.

Il veut me voir tout de suite. Mais il n'a pas voulu me dire au téléphone de quoi il s'agissait.

— Ne reste pas trop longtemps. Reviens le plus tôt possible. Avec ces débats, tu as besoin de sommeil.

— J'essaierai, dit-il.

Elle l'accompagna jusqu'à la porte, l'aida à passer son manteau, et revint dans le living-room.

L'hôpital, pensa-t-elle. Elle n'aimait pas ça. Qu'est-ce que le sénateur pouvait bien avoir à faire avec un hôpital ? Les hôpitaux la rendaient nerveuse. Elle était justement allée dans cet hôpital cet après-midi. Elle n'aimait pas ça, mais elle était quand même contente d'y être allée. Ce pauvre type, pensa-t-elle. Il est vraiment dans le pétrin. C'est dur de ne même pas savoir qui on est.

Elle entra dans la cabine du dimensino, et s'assit. L'écran courbe brillait sur trois côtés de la cabine. Elle pressa des boutons, tourna une manette, et l'écran se mit à clignoter.

Comme c'était étrange, pensa-t-elle, que sa mère puisse se passionner pour de vieux fragments de films, pour un plat spectacle bi-dimensionnel, dont la plupart des gens avaient oublié jusqu'à l'existence. Et le pire, pensa-t-elle avec ironie, c'est que tous ces gens qui prétendaient découvrir des trésors d'art dans ces vieilles horreurs, professaient en même temps le plus profond mépris pour les spectacles contemporains, qu'ils déclaraient purement commerciaux. Dans quelques centaines d'années, quand on aurait créé de nouveaux spectacles, on redécouvrirait peut-être le vieux dimensino comme un art ancien, méconnu à son époque.

L'écran cessa de clignoter, et brusquement, elle fut transportée dans une rue de la ville.

Une voix dit :

« ... Personne ne peut expliquer ce qui s'est passé ici il y a moins d'une heure. Les témoignages sont contradictoires et les récits ne concordent pas. A l'hôpital, le calme commence à revenir, mais pendant un moment, il y a régné un désordre indescriptible. L'un des patients est porté manquant, mais cette information n'est pas confirmée. La plupart des récits mentionnent qu'un animal, — certains disent un loup, — aurait parcouru les corridors, en attaquant tous ceux qui se trouvaient sur son chemin. Certains précisent que le loup, — si loup il y a, — avait des bras. A son arrivée, la police a tiré sur quelque chose, et arrosé de balles le hall d'entrée... »

Elaine reprit sa respiration. St-Barnabé ! Il parlait de St-Barnabé. Elle y était allée pour voir Andrew Blake, et son père était en route pour s'y rendre. Qu'est-ce qui se passait ?

Elle se souleva dans son fauteuil, puis se rassit. Elle ne pouvait rien faire. Le sénateur était capable de se défendre seul ; il l'avait toujours fait. Et l'animal, quel qu'il fût, qui avait révolutionné l'hôpital, était maintenant parti, ou du moins, semblait avoir disparu. Elle n'avait qu'à patienter un peu, et elle verrait son père descendre de voiture et monter l'escalier.

Elle resta là, immobile, et frissonna dans le vent froid de la rue.

CHAPITRE XVIII

Les pas se rapprochaient, trébuchant et glissant sur les pierres qui bordaient l'entrée de la grotte. Un rayon de lumière troua l'obscurité.

Penseur se ramassa, se condensa, et réduisit son champ. Il savait que le champ pouvait le trahir, mais, malgré cela, il ne pouvait pas le réduire davantage, car c'était une part de lui-même, et il ne pouvait pas exister sans lui. Surtout dans cet endroit, et en ce moment, où la froide atmosphère pompait avidement son énergie.

Nous devons être nous-mêmes. Je dois être moi-même, Chercheur et Convertisseur doivent être eux-mêmes. Nous ne pouvons être chacun ni plus ni moins que ce que nous sommes, et nous ne pouvons nous modifier que par un lent processus d'évolution. Mais, dans les millénaires à venir, ne serait-il pas possible que leurs trois esprits se fondent en un seul, qu'ils n'aient plus trois esprits distincts, mais un seul ? Et que cet esprit possède à la fois les émotions, — que je ne ressens pas, que je peux reconnaître mais que je ne comprends pas, — et la logique froide et impersonnelle qui me caractérise mais que mes compagnons ignorent, et la sensibilité exacerbée de Chercheur, que ni Convertisseur ni moi ne connaissons. C'est le hasard aveugle qui nous a réunis, qui a enfermé nos esprits dans une masse de matière qui peut prendre la forme d'un corps. Quelles étaient les chances que cela arrive ? Hasard aveugle ou destin ? Mais qu'est-ce que c'était que le destin ? Le destin existait-il ? Existait-il un grand plan universel, et l'aventure qui les avait réunis tous les trois faisait-elle partie de ce plan, étape nécessaire pour atteindre les buts ultimes proposés par ce plan ?

L'humain se rapprochait en rampant. Les pierres roulaient sous ses pieds, ses mains s'agrippaient au sol pour se retenir sur la pente, et la torche électrique qu'il tenait à la main suivait ses mouvements et éclairait les alentours d'une façon erratique.

Il posa un coude sur le rebord de la grotte, et se hissa, de sorte que sa tête vint au niveau de l'entrée. Il haletait et criait :

— Hé, Bob, ça sent drôle dans cette grotte. Il y avait quelque chose ici il n'y a pas longtemps.

Penseur dilata son champ, le poussant violemment vers l'extérieur. Il frappa l'homme comme un coup de poing. Le coude de l'homme glissa du rebord rocheux, et il fut précipité dans le vide. Il plongea dans l'abîme, en poussant un hurlement de terreur. Puis son corps heurta le sol avec un bruit mat, et il continua à glisser. Penseur percevait ce glissement, accompagné du bruit des cailloux qui rebondissaient et des morceaux de bois mort qui craquaient. Puis les glissements et les craquements cessèrent, et, du bas de la pente, lui parvint un grand bruit d'eau.

Les rabatteurs descendirent précipitamment la pente, balayant les buissons et les sous-bois des rayons de leurs lampes électriques.

Des voix crièrent :

— Bob, Harry a eu un accident !

— Oui, je l'ai entendu crier.

— Il est en bas, dans la crique. Je l'ai entendu tomber dans l'eau.

Les rabatteurs continuaient à descendre la colline, dans une succession de glissades et de brusques freinages. Une demi-douzaine de lampes s'agitaient follement au bas de la pente, et plusieurs humains barbotaient dans l'eau. D'autres cris retentissaient au loin.

Dans l'esprit de Penseur, quelque chose s'agita comme pour questionner.

— Oui, dit-il, qu'est-ce que tu veux ?

— Qu'est-ce qu'on va faire maintenant ? gronda Chercheur. Tu as entendu ce qu'il a dit. Maintenant, ils sont affolés, mais l'un d'eux se souviendra. Et quelqu'un va revenir ici. Peut-être pour nous tirer dessus.

— Je suis d'accord, dit Convertisseur. Ils vont fouiller la grotte. L'homme qui est tombé...

— Tombé ! dit Penseur d'un ton méprisant. C'est moi qui l'ai poussé.

— D'accord. L'homme que tu as poussé va les avertir. Il a peut-être senti Chercheur.

— Je ne sens pas, dit Chercheur.

— C'est ridicule, dit Penseur. Je suppose que nous avons tous les trois des odeurs corporelles distinctives. Ta forme a suffisamment séjourné dans la grotte pour en contaminer l'atmosphère.

— Ça pourrait aussi bien être ton odeur à toi, dit Chercheur. N'oublie pas...

— La ferme, trancha Convertisseur. La question n'est pas de savoir lequel de nous il a senti, mais ce que nous allons faire. Penseur, peux-tu te changer en quelque chose de plat, quelque chose qui n'accrochera pas la lumière, et ramper jusqu'en haut de la colline ?

— J'en doute. La planète est beaucoup trop froide. Je perds mon énergie trop vite. Si j'accroissais la surface de mon corps, je la perdrais encore plus vite.

— C'est un problème qu'il faudra résoudre, dit Chercheur. Le problème de la conservation de l'énergie. Convertisseur sera obligé de manger pour nous. C'est lui qui nous fournira l'énergie nécessaire, en ingérant dans sa forme corporelle tous les aliments disponibles. Et il devra garder sa forme tout le temps de la digestion. Il y a peu de sources d'énergie pour Penseur, et probablement aucun aliment que je puisse manger et que mon corps puisse assimiler. Je crois que...

— Tout ça, c'est très bien, mais nous en reparlerons une autre fois, dit Convertisseur. Pour le moment, revenons à notre problème. Tu peux prendre la relève, Chercheur ? Moi, ils me repéreront tout de suite, mon corps ferait une tache blanche dans la nuit.

— Mais oui, je peux, dit Chercheur.

— Bien. Rampe hors de la grotte et monte la pente. Ne fais pas de bruit. Mais va aussi vite que tu le peux. L'accident les a tous rassemblés en bas, et s'ils ne t'entendent pas, il y a peu de chances pour qu'on en rencontre un.

— Alors, je vais jusqu'en haut de la colline. Et après ? demanda Chercheur.

— Après, tu suis n'importe quelle route, dit Convertisseur. Nous devrions trouver une cabine téléphonique.

CHAPITRE XIX

— Si ce que vous pensez est vrai, dit Chandler Horton, nous devons contacter Blake immédiatement.

— Qu'est-ce qui vous fait dire qu'il est encore Blake ? demanda le chef du personnel. Ce n'est pas Blake qui s'est échappé de cet hôpital. Si l'on doit en croire Daniels, c'était une créature extra-terrestre.

— Mais Blake y était aussi, protesta Horton. Il était peut-être dans le corps d'un extra-terrestre, mais il pourrait reprendre sa forme.

Le sénateur Stone, enfoncé dans un profond fauteuil, ricana d'un air méprisant.

— Si vous voulez mon avis, dit-il, tout ça, c'est de la foutaise.

— Votre avis nous intéresse, sans doute, dit Horton. Mais, pour une fois, Salomon, je vous serais reconnaissant d'essayer de proposer quelque chose de constructif.

— Qu'est-ce qu'on peut faire de constructif dans ce cas-là ? cria Stone. C'est un conte à dormir debout, inventé de toutes pièces. Je n'en possède pas tous les éléments, mais je suis sûr que je ne me trompe pas.

Et c'est vous qui en êtes l'instigateur, Chandler. Ça vous ressemble. Vous avez monté ce coup-là probablement pour prouver quelque chose, mais je ne sais pas quoi. Je me doutais bien qu'il y avait anguille sous roche quand vous avez cité comme témoin ce farceur de Lucas.

— Dr Lucas, si vous n'y voyez pas d'inconvénient, dit Horton.

— C'est bon, Dr Lucas, si vous voulez. Qu'est-ce qu'il sait sur tout ça ?

— Nous allons le savoir, dit Horton. Dr Lucas, qu'est-ce que vous savez ?

Lucas eut un sourire ironique.

— Au sujet de ce qui est arrivé dans cet hôpital, rien du tout. Mais en ce qui concerne la conviction du Dr Daniels, — eh bien, je suis d'accord avec lui.

— Mais il ne s'agit que d'une supposition, remarqua Stone. Rien qu'une supposition ! Le Dr Daniels a tout combiné dans sa tête. Très bien ! Parfait ! Bravo ! Il a beaucoup d'imagination. Mais ça ne veut pas dire que ce qu'il imagine est la même chose que ce qui est arrivé.

— Je me permettrai de vous faire remarquer que le Dr Daniels soignait Blake.

— De sorte que vous croyez ce qu'il pense ?

— Pas nécessairement. Je ne sais que penser. Mais si quelqu'un ici est habilité à avoir une opinion, c'est bien Daniels.

— Calmons-nous un peu, suggéra Horton, et considérons les éléments que nous possédons. Je ne pense pas que l'accusation du sénateur, suivant laquelle il s'agirait d'un coup monté, mérite l'honneur qu'on la discute. Mais je crois que nous sommes tous d'accord pour reconnaître qu'il s'est passé ce soir quelque chose de fort inhabituel. Je ne crois pas non plus que le Dr Winston a pris à la légère la décision de nous réunir tous ici.

Il dit qu'il n'a pas d'opinion arrêtée, mais il a certainement senti qu'il y avait des raisons de s'inquiéter.

— Je le crois toujours, dit le chef du personnel.

— Si je comprends bien, l'animal, ou le loup, si vous voulez...

Salomon Stone rugit de mépris.

Horton le considéra d'un air glacé.

— ... ou le loup, si vous voulez, reprit-il, traversa la rue et entra dans le parc, tandis que la police se mettait à sa poursuite.

— C'est exact, dit Daniels. Ils sont toujours à sa recherche. Un abruti de chauffeur l'a vu à la lumière de ses phares au moment où il traversait la rue, et a essayé de l'écraser.

— Il faut absolument arrêter ça, dit Horton. On a l'impression qu'ils sont tous sortis d'ici à moitié sonnés...

— Vous devez essayer de comprendre que tout le monde était affolé, expliqua le chef du personnel. Personne n'avait plus sa tête.

— Si Blake est ce que pense Daniels, il faut absolument le retrouver. Nous avons perdu deux siècles dans le domaine de la biotechnique humaine parce qu'on croyait que le plan de l'Administration Spatiale avait échoué ; et à cause de cela, tout le programme a été enterré, si bien enterré qu'on l'a même oublié. Tout ce qui en est resté, c'est un mythe, une légende. Mais maintenant, il se révèle qu'il n'a pas échoué. Et la preuve de son succès est peut-être en train de se promener dans les bois, juste à notre porte.

— Oh, le projet a certainement échoué, dit Lucas. Ou n'a pas marché comme l'Administration Spatiale l'avait prévu. Je crois que l'intuition de Daniels est la bonne. Après qu'on eut transmis à l'androïde les caractères d'un extra-terrestre, il fut impossible de les effacer. Ils devinrent partie intégrante de l'androïde lui-même. Il devint deux créatures à la fois, — l'humain et l'extra-terrestre. Physiquement et mentalement.

— A propos de mentalité, demanda le chef du personnel, croyez-vous que celle de Blake est une mentalité synthétique ? Je veux dire une mentalité artificiellement assemblée qu'on lui aurait ensuite imposée.

Lucas secoua la tête.

— J'en doute, Docteur. La méthode aurait été primitive, et plutôt stupide. Les dossiers, du moins ceux que j'ai vus, n'en parlent pas. Mais je présume qu'on a imprimé dans son cerveau un véritable esprit humain. La technique était assez développée, même à cette époque. Il y a combien de temps qu'on a créé les Banques de l'Intelligence ?

— Un peu plus de trois cents ans, dit Horton.

— Alors, ils avaient sûrement la technique pour opérer un tel transfert. D'ailleurs, la synthétisation d'un esprit artificiel serait déjà difficile aujourd'hui, alors il y a deux cents ans ! Même aujourd'hui, je doute que nous ayons tous les éléments nécessaires pour produire un esprit équilibré, — qui resterait un esprit humain. L'esprit humain est trop complexe. Nous pourrions synthétiser un esprit, — oui, je crois honnêtement que nous le pourrions, — mais ce serait un esprit étrange, qui donnerait naissance à des actions étranges, à des émotions étranges, un esprit qui ne serait pas entièrement humain, peut-être inférieur, et peut-être supérieur à l'humain.

— Ainsi, dit Horton, vous croyez que l'esprit de Blake est la reproduction exacte de l'esprit d'un homme contemporain de sa fabrication ?

— J'en suis pratiquement sûr, dit Lucas.

— Moi aussi, dit le chef du personnel.

— Ainsi, dit Horton, il est vraiment humain, — ou du moins, il a un esprit humain ?

— Autrement, dit Lucas, je ne vois pas comment ils auraient pu le pourvoir d'un esprit.

— Tout ça, c'est de la foutaise, dit le sénateur Stone. Je n'ai jamais entendu tant de balivernes de ma vie.

Personne ne fit attention à lui.

Le chef du personnel regarda Horton.

— Vous pensez qu'il est vital que nous retrouvions Blake ?

— Oui, dit Horton. Avant que la police le tue, lui ou le corps qu'il occupe. Avant qu'ils l'obligent à se cacher si loin et si bien que ça nous prendra des mois pour le retrouver, si nous le retrouvons jamais.

— Je suis d'accord, dit Lucas. Pensez à tout ce qu'il pourrait nous apprendre. Pensez à tout ce que nous pourrions apprendre en l'étudiant. Si la Terre pense s'embarquer dans un programme de biotechnique, tout ce que nous pourrions apprendre de Blake est inappréciable.

Le chef du personnel secoua la tête d'un air perplexe.

— Mais Blake est un cas spécial. Un spécimen construit d'après le principe de non-finition. A ma connaissance, les projets biotechniques actuels n'ont jamais envisagé la fabrication d'une créature de ce genre.

— Vous avez raison, docteur, dit Daniels, mais n'importe quel androïde, n'importe quel organisme synthétique...

— Vous perdez votre temps, Messieurs, dit Stone. Il n'y aura pas de programme de biotechnique humaine. Certains de mes collègues et moi-même, nous sommes bien décidés à l'empêcher.

— Salomon, dit Horton en se contraignant au calme, mettons de côté toutes considérations politiques, pour le moment. Pensez que, dans ces bois, se cache un homme terrorisé, et qu'il faut trouver le moyen de lui faire savoir que nous ne lui voulons pas de mal.

— Je voudrais bien savoir comment vous allez vous y prendre.

— Rien de plus simple. Il faut arrêter la chasse, et en publier la nouvelle dans les journaux et...

— Vous croyez qu'un loup va lire les journaux ou regarder le dimensino ?

— Il est très probable, dit Daniels, qu'il ne restera pas longtemps sous la forme d'un loup. J'ai l'impression qu'il reprendra sa forme humaine aussitôt que possible. Pour la simple raison qu'une créature extra-terrestre doit trouver cette planète déroutante et inconfortable.

— Messieurs, dit le chef du personnel, je vous en prie, Messieurs.

Tous les yeux se tournèrent vers lui.

— C'est impossible, dit-il. Cette histoire couvrirait l'hôpital de ridicule. Elle ferait déjà mauvais effet de toute façon, mais la présence du loup-garou la rendrait catastrophique. Je vois déjà les gros titres ! Ce serait une vraie fête pour la presse, et c'est nous qui en ferions les frais.

— Mais si nous avons raison ? demanda Daniels.

— C'est tout le problème. Nous ne pouvons pas être sûrs d'avoir raison. Nous avons peut-être toutes les raisons du monde de croire que nous avons raison, mais ce n'est pas suffisant. Dans un cas comme celui-là, il faut être absolument certains, et nous ne le sommes pas.

— Ainsi, vous refusez qu'on publie un communiqué ?

— Si l'hôpital seul doit en prendre la responsabilité, oui, je refuse. Si l'Administration Spatiale donnait le feu vert, j'accepterais. Mais, seul, je ne peux pas. Même si nous avions raison, l'Administration Spatiale me tomberait dessus de tout son poids. Ils mettraient tout à feu et à sang...

— Même après deux cents ans ?

— Oui, même après deux cents ans. Ne comprenez-vous pas que, si Blake est ce que nous pensons, il est la propriété de l'Administration Spatiale ? C'est à eux de décider. C'est leur affaire, non la mienne. C'est par eux que tout a commencé...

Stone éclata d'un rire sonore.

— Ne faites pas attention à lui, Chandler. Allez-y,

et racontez tout vous-même aux journalistes. Montrez-nous que vous avez quelque chose dans le ventre. Défendez vos convictions. J'espère que c'est ce que vous ferez.

— Et moi, je parie que c'est vous qui le ferez, dit Horton.

— Si vous le faites, dit Stone, je vous avertis, cher ami. Dites un seul mot de cela en public, et je vous précipiterai dans un tel abîme qu'il vous faudra longtemps pour en sortir.

CHAPITRE XX

Le bourdonnement régulier du téléphone finit par pénétrer dans le monde illusoire créé par le dimensino. Elaine Horton se leva, et sortit de la cabine où elle venait de se perdre dans la contemplation d'un âge disparu.

Le téléphone continuait à bourdonner, et le panneau visuel clignotait avec impatience.

Elle atteignit l'appareil et brancha le contact. Un visage la regardait, parcimonieusement éclairé par l'ampoule anémique d'une cabine publique.

— Andrew Blake ? cria-t-elle, stupéfaite.

— Oui, c'est moi. Vous voyez...

— Vous avez des ennuis ? Le sénateur a été appelé à...

— Oui, on dirait que j'ai des ennuis, dit Blake. Vous êtes probablement au courant de ce qui s'est passé.

— Vous voulez dire, à l'hôpital ? J'ai regardé les nouvelles un moment, mais il n'y avait pas grand-chose à voir. Ils parlaient d'un loup, et ils disaient qu'un des patients avait disparu...

Elle retint soudain sa respiration.

— L'un des patients a disparu ! C'est de vous qu'ils parlent, Andrew ?

— J'en ai bien peur. J'ai besoin d'aide, et vous êtes la seule personne que je connaisse, la seule personne à qui je puisse demander...

— Qu'est-ce qu'il vous faut ? demanda-t-elle.

— J'ai besoin de vêtements, dit-il.

— Vous étiez nu quand vous avez quitté l'hôpital ? Mais il fait froid, ce soir...

— C'est une longue histoire, dit-il. Si vous n'avez pas envie de m'aider, dites-le franchement. Je ne vous en voudrai pas. Je ne veux pas vous mêler à tout ça, mais je suis en train de geler lentement, et je me suis sauvé...

— Vous vous êtes enfui de l'hôpital ?

— Dans un sens, oui.

— Quel genre de vêtements voulez-vous ?

— N'importe quoi. Je suis nu comme un ver.

Elle hésita un instant. Elle devrait peut-être demander l'avis du sénateur. Mais le sénateur n'était pas là. Il n'était pas rentré de l'hôpital, et elle ne savait pas quand il reviendrait.

Quand elle recommença à parler, sa voix était calme et dure.

— Entendons-nous bien. Celui qui a disparu de l'hôpital, c'est vous, et vous n'avez pas vos vêtements. Vous dites aussi que vous n'avez pas l'intention d'y retourner. Vous êtes en fuite, dites-vous. Est-ce qu'on vous pourchasse ?

— Pendant un moment, j'ai eu la police à mes trousses.

— Mais plus maintenant ?

— Non. Pas pour le moment. On leur a filé entre les pattes.

— On ?

— Ma langue a fourché. Je voulais dire que je leur ai échappé.

Elle prit une profonde inspiration, puis se décida.
— Où êtes-vous ?
— Je ne le sais pas exactement. La ville a beaucoup changé depuis que j'y ai vécu. Je crois que je suis à l'extrémité sud du vieux pont Taft.
— Restez où vous êtes, dit-elle. Attendez ma voiture. J'irai très lentement.
— Merci...
— Mais j'y pense, vous appelez d'une cabine publique ?
— Oui.
— Il faut des jetons pour ce genre de téléphone. Sans vêtements, comment pouviez-vous en avoir un ?
Il eut un sourire amer.
— Les jetons tombent dans de petites boîtes. Je me suis servi d'une pierre.
— Vous avez ouvert une boîte pour prendre un jeton ?
— Oui. Le délinquant type, dit-il.
— C'est bien. Donnez-moi donc le numéro de votre cabine, et ne vous en éloignez pas. Je vous appellerai si je ne vous trouve pas, — si vous n'êtes pas où vous pensez que vous êtes.
— Un instant.
Il leva les yeux sur la plaque au-dessus du téléphone et lui lut le numéro qu'elle nota dans la marge d'un journal.
— J'espère que vous réalisez que vous prenez un risque, dit-elle. Vous êtes rivé à ce téléphone, et on peut localiser le numéro.
Il fit la grimace.
— Je m'en rends compte. Mais je suis obligé de prendre un risque. Vous êtes ma seule chance.

CHAPITRE XXI

— Cette femme, c'est une femelle, n'est-ce pas ? demanda Chercheur.
— Oui, dit Convertisseur, une vraie. Très belle.
— J'ai du mal à comprendre, dit Penseur. C'est un concept tout nouveau pour moi. Une femelle, c'est un individu à qui on peut témoigner de l'affection ? Cette attraction, je suppose, doit être réciproque. On peut avoir confiance en une femelle ?
— Quelquefois, dit Convertisseur. Ça dépend de beaucoup de choses.
— Je ne comprends pas votre attitude envers les femelles, grogna Chercheur. Elles ne servent qu'à perpétuer l'espèce. A la saison et au moment favorables...
— Votre système, dit Penseur, est dégoûtant et primitif. Si le besoin s'en fait sentir, je peux me perpétuer moi-même. Mais pour le moment, ce n'est pas l'importance sociale et biologique de cette femelle qui nous importe, mais la question de savoir si on peut lui faire confiance.
— Je ne sais pas, mais je crois, dit Convertisseur. J'ai pris le risque de lui faire confiance.

Il s'accroupit en frissonnant derrière un buisson. Un vent froid soufflait du nord et ses dents claquaient. Il déplaça prudemment ses pieds meurtris. Il s'était cogné les orteils en courant dans l'obscurité, il avait marché sur des épines, et ses pieds protestaient. Devant lui, se dressait la cabine téléphonique surmontée d'une pancarte lumineuse qui luisait faiblement. Et au-delà, la rue, pratiquement déserte. De temps en temps, une voiture terrestre y passait à toute allure, faisant vibrer le pont derrière elle.

Blake se pelotonna davantage derrière son buisson. Dieu du Ciel, pensa-t-il, quelle situation ! Nu et gelé, accroupi derrière un buisson, il attendait qu'une femme qu'il n'avait vue que deux fois lui apporte des vêtements, et il n'était même pas sûr qu'elle le ferait.

Il fit la grimace au souvenir du coup du téléphone. Il avait pris son courage à deux mains pour le donner, et il ne lui en aurait pas voulu si elle ne l'avait pas écouté. Mais elle avait écouté. Naturellement, elle était effrayée, et peut-être un peu méfiante, mais qui ne l'aurait pas été à sa place ? Un étranger qui la suppliait de l'aider, dans des circonstances ridicules, sinon gênantes !

Il n'avait aucun droit sur elle, il le savait. Et, pour comble de ridicule, c'était la deuxième fois qu'il faisait appel à la famille du sénateur, pour avoir des vêtements afin de rentrer chez lui. Mais cette fois, il ne rentrerait pas chez lui. La police devait surveiller sa maison, et lui mettrait la main dessus s'il en approchait.

Il frissonna, et s'entoura le corps de ses bras, dans une vaine tentative pour conserver sa chaleur. Il entendit un ronronnement au-dessus de lui, et il leva les yeux. Une maison descendait doucement vers les arbres, perdant graduellement de l'altitude, probablement en route pour un des parkings de la ville. Ses fenêtres étaient éclairées, de la musique et des éclats de rire parvenaient à ses oreilles. Des gens insouciants et heureux, pendant que lui frissonnait dans le froid et l'obscurité.

Il regarda la maison disparaître, vers l'est.

Et qu'est-ce qu'il allait faire, maintenant ? Qu'est-ce qu'ils allaient faire tous les trois ? Qu'est-ce qu'il allait faire quand il aurait des vêtements ?

D'après ce qu'Elaine lui avait dit, on n'avait pas l'air de l'avoir identifié avec l'homme qui avait disparu de l'hôpital. Mais ce serait fait dans quelques heures. Et son visage s'étalerait dans tous les journaux et au dimensino. Dans ce cas, il ne pouvait pas espérer passer inaperçu. Bien entendu, Penseur ou Chercheur pouvait prendre la relève, et il n'y aurait plus de visage à reconnaître, mais n'importe lequel d'entre eux devrait rester hors de vue encore beaucoup plus soigneusement que lui. Le climat était contre eux, — trop froid pour Penseur, trop chaud pour Chercheur, et la situation se compliquait encore du fait que c'était lui qui devait absorber et stoker l'énergie nécessaire au corps. Il y avait peut-être certains aliments que Chercheur pourrait manger, mais il faudrait longuement chercher et expérimenter pour les découvrir. Et il y avait des endroits, près des centrales par exemple, où Penseur pourrait puiser de l'énergie, mais il serait difficile de le faire sans être découverts.

Serait-il prudent de contacter Daniels ? se demanda-t-il. En y pensant, il se rendit compte que non. Il connaissait la réponse qu'il en obtiendrait, — revenez à l'hôpital. Et l'hôpital était un piège. On le soumettrait à des interrogatoires interminables, à d'innombrables tests médicaux, et peut-être même à un traitement psychiatrique. Il ne serait plus son propre maître. Il serait courtoisement surveillé. Il serait prisonnier. Et bien que l'homme l'eût fabriqué, il n'était pas la propriété de l'homme, se dit-il avec une farouche détermination. Il devait rester lui-même.

Mais qu'était-ce que ce lui-même ? Ce n'était pas seulement un homme, mais un homme plus deux autres créatures. Même s'il le désirait, il ne pourrait jamais échapper à ces deux autres esprits, qui, avec lui, possédaient en commun cette masse de matière qui leur servait de corps à tous trois. Non qu'il le désirât ; au contraire, il désirait rester uni à eux. Ils étaient proches de lui, plus proches que rien ou personne ne pourrait jamais l'être. Ils étaient des amis, — enfin, peut-être pas exactement des amis, mais des collaborateurs réunis par les liens de la même chair. Et même s'ils n'avaient pas été des collaborateurs et des amis, il y avait encore autre chose à prendre en considération. C'est que c'était à cause de lui qu'ils étaient dans ce pétrin et qu'en conséquence, il devait rester avec eux jusqu'au bout.

Viendra-t-elle, se demanda-t-il, ou livrera-t-elle ses informations à la police ou à l'hôpital ? Il n'arriverait pas à lui en vouloir, se dit-il, si elle le livrait à la police. Comment pouvait-elle savoir s'il n'était pas un peu fou, ou même complètement fou ? Elle pouvait très bien avoir la conviction d'agir dans son intérêt à lui, en révélant où il se trouvait.

Dans un hurlement de sirènes, un car de police allait peut-être décharger devant lui un chargement de flics.

— Chercheur, c'est bien long, dit Convertisseur. Nous allons peut-être avoir des ennuis.

— On trouvera autre chose, dit Chercheur, si elle nous lâche.

— Si la police arrive, dit Convertisseur, tu prendras la relève. Moi, je ne pourrais jamais les distancer. Je vois mal dans la nuit, et mes pieds me font mal et...

— Quand tu voudras, dit Chercheur. Je suis prêt. Tu n'as qu'à me prévenir.

Un raton laveur gémit dans les bois. Blake frissonna. Encore dix minutes, pensa-t-il. Je lui donne encore dix minutes. Si elle n'est pas là dans dix minutes, nous partirons. Et il se demanda comment il ferait pour savoir, sans montre, que dix minutes s'étaient écoulées.

Accroupi derrière son buisson, il se sentait misérable et seul. Un étranger dans ce monde, pensa-t-il. Étranger dans un monde de créatures dont il avait possédé la forme. Il se demanda s'il y avait un endroit, non seulement sur cette planète, mais dans tout l'univers, où il pourrait se sentir chez lui. Je suis humain, avait-il dit à Penseur ; j'affirme que je suis humain. Mais de quel droit affirmait-il ?

— Du calme, mon vieux, dit Chercheur, du calme.

Les minutes s'écoulaient lentement. Le raton laveur se taisait. Dans les bois, un oiseau pépia, éveillé et troublé par quel danger, réel ou imaginaire ?

Une voiture descendait la rue au ralenti. Elle s'arrêta le long du trottoir opposé à la cabine téléphonique. On entendit un léger coup de klaxon.

Blake se leva et fit de grands signes avec ses bras.

— Par ici, cria-t-il.

La porte de la voiture s'ouvrit et Elaine descendit. A la pâle lumière de l'ampoule anémique, il la reconnut, — l'ovale élégant de son visage, la sombre beauté de ses cheveux. Elle portait un petit balluchon.

Elle dépassa la cabine téléphonique et se dirigea vers le buisson. Elle s'arrêta à trois mètres.

— Attrapez, cria-t-elle en lançant le paquet.

Les doigts raidis par le froid, Blake défit le paquet et s'habilla. Les sandales étaient robustes, et la robe noire à capuchon était en laine.

Une fois habillé, il sortit de derrière le buisson et s'approcha d'Elaine.

— Merci, dit-il. J'étais presque gelé.

— Excusez-moi d'avoir mis si longtemps, dit-elle. Je n'arrêtais pas de penser à vous. Mais il fallait que je vous trouve un tas de trucs.

— Un tas de trucs ?

— Oui, des choses dont vous aurez besoin.

— Je ne comprends pas, dit-il.

— Vous m'avez bien dit que vous étiez en fuite ? Vous aurez besoin de beaucoup de choses, en plus des vêtements. Venez dans la voiture. Le chauffage marche. Il fait chaud.

Blake recula.

— Non, lui dit-il. Vous ne comprenez donc pas ? Je ne veux pas vous compromettre davantage. Je vous suis très reconnaissant...

— Ta, ta, ta, dit-elle. Vous serez ma B. A. de la journée.

Il serra frileusement sa robe autour de lui.

— Vous voyez bien que vous avez froid. Venez dans la voiture.

Il hésitait. Il avait froid, et il faisait chaud dans la voiture.

— Venez, dit-elle.

Il l'accompagna à la voiture, attendit pendant qu'elle s'asseyait au volant, puis monta et referma la porte. Un courant d'air chaud lui frappa les chevilles.

Elle mit en prise et démarra.

— Je ne peux pas m'arrêter longtemps, dit-elle. On me signalerait à la police et on ferait une enquête. Tant que je roule, on ne peut rien me dire. Y a-t-il un endroit où vous voudriez aller ?

Il secoua la tête. Il n'avait même pas pensé où il voulait aller.

— Hors de Washington, peut-être ?

— Oui, dit-il.

C'était au moins un commencement.

— Pouvez-vous me mettre au courant de ce qui vous arrive, Andrew ?

— Non, dit-il. Si je vous racontais tout, vous arrêteriez probablement la voiture pour me jeter dehors.

Elle éclata de rire.

— Ne dramatisez pas la situation, quelle qu'elle soit. Je vais faire demi-tour et me diriger vers l'ouest. Ça vous va ?

— Ça me va, dit-il. Je trouverai bien des endroits pour me cacher.

— Pendant combien de temps serez-vous obligé de vous cacher ?

— Je ne sais pas, dit-il.

— Savez-vous à quoi j'ai pensé ? Je ne crois pas qu'il soit indiqué de vous cacher du tout. On vous trouvera toujours. Votre seule chance, c'est de vous déplacer sans cesse, sans jamais rester longtemps à la même place.

— Vous y avez beaucoup pensé ?

— Pas tellement. Mais c'est une question de bon sens. La robe que je vous ai apportée, — une des robes de laine dont papa est si fier, — c'est tout à fait le genre de robe que portent les étudiants itinérants.

— Les étudiants itinérants ?

— J'oublie tout le temps qu'il y a des choses que vous ne connaissez pas encore. Ce ne sont pas des étudiants. Ce sont des clochards artistes. Ils vagabondent, et certains font de la peinture, d'autres écrivent des romans ou de la poésie, — vous voyez, le genre artiste, quoi. Ils ne sont pas nombreux, mais il y en a assez pour que tout le monde les reconnaisse. Bien entendu, personne ne fait la moindre attention à eux. Vous n'avez qu'à relever votre capuchon, et personne ne verra votre visage. D'ailleurs, personne ne se donnera la peine de regarder.

— Ainsi, vous pensez que je dois devenir un étudiant itinérant ?

Elle ignora l'interruption.

— J'ai trouvé un vieux sac à dos : ils en ont tous. Quelques blocs-notes, des crayons, et un ou deux livres. Vous feriez bien de les lire pour savoir de quoi ils parlent. Que ça vous plaise ou non, vous serez un écrivain. A la première occasion, griffonnez quelques pages, pour avoir un petit air d'authenticité, si jamais quelqu'un vous interrogeait.

Renversé sur son siège, il absorbait la chaleur par tous les pores. Elle avait tourné dans une rue adjacente, et elle se dirigeait maintenant vers l'ouest. D'immenses gratte-ciel s'élevaient vers le ciel.

— Ouvrez cette poche à votre droite. J'ai pensé que vous auriez faim, et je vous ai préparé des sandwiches et un thermos de café.

Il sortit un paquet de la poche, l'ouvrit et prit un sandwich.

— J'avais faim, dit-il.

— Ça ne m'étonne pas, dit-elle.

La voiture filait toujours. Les gratte-ciel s'espaçaient. De temps en temps, ils voyaient des villages, avec leur quadrillage de petits cottages.

— J'aurais pu me débrouiller pour vous avoir un flotteur. Ou même une voiture. Mais tous deux portent des plaques minéralogiques, et sont faciles à retrouver. De plus, personne ne fait très attention à un homme qui voyage à pied. Vous serez plus en sécurité.

— Elaine, pourquoi prendre toute cette peine ? demanda-t-il. Je n'en demandais pas tant.

— Je ne sais pas, dit-elle. Peut-être parce que vous avez eu tellement d'ennuis. On ne vous a ramené de l'espace que pour vous enfermer à l'hôpital où l'on n'a pas arrêté de vous scruter et de vous tripoter sur toutes les coutures. Puis on vous a mis au rancard pendant un moment dans ce petit village, pour vous renfermer à l'hôpital presque aussitôt.

— Ils faisaient ce qu'ils pouvaient pour moi.

— Oui, je sais. Mais ce ne devait pas être très agréable. Vous avez eu bien raison de vous sauver quand vous en avez trouvé l'occasion.

Ils gardèrent un moment le silence. Blake finit les sandwiches et but du café.

— Et le loup ? demanda-t-elle soudain. Vous l'avez vu ? Il paraît qu'il y avait un loup.

— A ma connaissance, il n'y avait pas de loup, dit-il, en se consolant à la pensée que, techniquement, il ne mentait pas. Chercheur n'était pas un loup, après tout.

— Tout le monde était retourné, à l'hôpital. Ils ont téléphoné au sénateur de venir.

— Pour moi ou pour le loup ? demanda-t-il.

— Je ne sais pas. Il n'était pas rentré quand je suis partie.

Ils arrivèrent à une intersection. Elle ralentit, se rangea sur le bas-côté, et s'arrêta.

— Je ne peux pas vous conduire plus loin, dit-elle. Je ne dois pas rentrer trop tard.

Il ouvrit la porte, mais hésita avant de descendre.

— Merci, dit-il. Vous m'avez tiré d'un mauvais pas. J'espère qu'un jour...

— Attendez, dit-elle. Prenez votre havresac. Il y a un peu d'argent dedans.

— Mais je ne veux...

— Pas d'histoire ! Vous en aurez besoin. Ce n'est pas grand-chose, mais ça vous aidera au début. Je l'ai pris sur mon argent de poche. Vous me le rendrez quand vous pourrez.

Il prit le havresac, et le jeta sur son épaule.

Puis il parla, la gorge serrée.

— Elaine, Elaine, je ne sais pas comment vous remercier.

Dans la pénombre de la voiture, elle lui semblait plus proche. L'épaule d'Elaine touchait son bras, et il respirait son parfum. Sans y penser, il lui passa le bras autour des épaules et l'attira à lui. Il se pencha et l'embrassa. Elle mit un bras autour de son cou, et il sentit ses doigts, frais et doux contre sa peau.

Puis ils se séparèrent, et elle le regarda sans ciller.

— Je ne vous aurais pas aidé si vous ne m'aviez pas été sympathique, dit-elle. Je suis sûre que vous êtes normal. Et vous n'avez aucune raison d'avoir honte de ce que vous faites.

Il ne répondit pas.

— Maintenant, partez vite, dit-elle. Partez dans la nuit. Plus tard, quand vous le pourrez, donnez-moi de vos nouvelles.

CHAPITRE XXII

Le restaurant se trouvait dans la fourche de l'Y formé par la route qui bifurquait à cet endroit. Dans la demi-pénombre qui précédait l'aube, l'enseigne rouge qui en surmontait le toit paraissait rose.

Blake accéléra son boitillement. Il allait avoir l'occasion de se réchauffer tout en se reposant, l'occasion de faire un solide repas. Les sandwiches d'Elaine l'avaient soutenu au cours de sa longue marche nocturne, mais maintenant, la faim le tenaillait de nouveau. Et le lever du jour allait l'obliger à chercher une cachette où il pourrait dormir. Une meule de foin, par exemple. Il se demanda si les meules de foin existaient toujours, ou si même des choses si simples avaient disparu depuis l'époque où il avait connu la terre.

Le vent du nord le fouettait sauvagement, et il rabattit son capuchon sur son visage. La courroie du havresac lui meurtrissait l'épaule, et il la déplaça, essayant de trouver un endroit où ses muscles n'étaient pas douloureux. En vain.

Il atteignit enfin le restaurant, traversa le parking, et monta le perron qui menait à la porte. L'endroit était vide. Le comptoir brillait de propreté, les chromes du percolateur étincelaient à la lumière des plafonniers.

— Comment allez-vous ? demanda le Restaurant, d'une voix effrontée et rigolarde. Qu'est-ce que vous prendrez ce matin ?

Blake regarda autour de lui, et, ne voyant personne, comprit la situation. Une autre installation-robot, comme des maisons volantes.

Il traversa la salle et s'assit sur un tabouret.

— Des crêpes, du bacon et du café, dit-il.

Il se débarrassa du havresac, et le posa par terre à côté du tabouret.

— Vous commencez la journée de bonne heure, hein ? dit le Restaurant. Ne venez pas me dire que vous avez marché toute la nuit.

— Pas toute la nuit, dit Blake, je me suis levé tôt, c'est tout.

— On n'en voit plus beaucoup, des gars comme vous, dit le Restaurant. Vous faites dans quoi ?

— J'écris un peu, dit Blake. Enfin, j'essaye.

— Au moins, vous voyez du pays, dit le Restaurant. Moi, je suis coincé ici tout le temps. Je ne vois jamais rien. Mais pour des discours, j'en entends plus souvent qu'à mon tour. Je ne veux pas dire que je n'aime pas entendre parler, ajouta précipitamment le Restaurant. Au moins, ça m'occupe l'esprit.

Un robinet versa une giclée de pâte sur la plaque chauffante, puis glissa sur une tringle pour en verser une seconde et une troisième, et revint à sa position première. Un bras métallique monté à côté du percolateur se déplia, se détendit, et pressa un levier situé au-dessus de la plaque chauffante. Trois tranches de bacon tombèrent en tas sur la plaque. Vite, le bras s'abaissa, les sépara, et les allongea proprement l'une à côté de l'autre.

— Vous voulez votre café tout de suite ? demanda le Restaurant.

— Oui, s'il vous plaît, dit Blake.

Le bras métallique saisit une tasse, la plaça sous le robinet du percolateur, et se leva pour tourner le robinet. Le café coula, la tasse se remplit, et le bras la déposa devant Blake, puis disparut sous le comptoir, d'où il ressortit avec des couverts, et, enfin, poussa poliment le sucrier près de lui.

— Vous prenez de la crème ? demanda le Restaurant.

— Non, merci dit Blake.

— On m'en a raconté une bien bonne, l'autre jour, commença le Restaurant. C'est un gars qui m'l'a jaspinée l'autre jour. C'est...

Derrière Blake, la porte s'ouvrit.

— Non ! Non ! hurla le Restaurant. Fichez-moi le camp. Combien de fois il faut vous dire de ne pas venir quand il y a des clients.

— Je suis justement venu pour voir votre client, répondit une voix criarde.

Au son de cette voix, Blake se retourna.

Un Brownie se tenait sur le seuil. Ses yeux ronds brillaient au-dessus de son museau de rongeur, son crâne volumineux était toujours flanqué d'oreilles à aigrettes. Il portait une culotte à rayures vertes et roses.

— Je le nourris, gémit le Restaurant. Je le supporte. Les gens disent qu'ils portent chance, mais celui-là ne m'a jamais causé que des empoisonnements. Il me fait des blagues. Il est impertinent. Il n'a aucun respect pour moi...

— C'est parce que vous prenez des airs humains, dit le Brownie, oubliant que vous n'êtes pas un humain, mais un simple substitut, et que vous volez à un humain un travail qu'il pourrait faire. Je vous le demande, pourquoi aurais-je du respect pour vous ?

— Je ne vous donnerai plus rien ! hurla le Restaurant. Je ne vous laisserai plus dormir dedans quand il fait froid ! Plus rien ! J'en ai jusque-là !

Ignorant cette tirade, le Brownie traversa rapidement la salle. Il s'arrêta devant Blake et s'inclina cérémonieusement.

— Bonjour, très respectable ami. J'espère que vous allez bien.

— Très bien, dit Blake, partagé entre l'amusement et l'appréhension. Voulez-vous déjeuner avec moi ?

— Volontiers, dit le Brownie en sautant sur le tabouret à côté de Blake.

Il s'installa, les pieds balançant dans le vide.

— Monsieur, dit-il, je mangerai la même chose que vous. C'est fort courtois et généreux de m'inviter, car je meurs de faim.

— Vous avez entendu mon ami, dit Blake au Restaurant. Il prendra la même chose que moi.

— Et vous paierez pour lui ? demanda le Restaurant.

— Bien entendu.

Le bras mécanique retourna les crêpes et les poussa sur le devant de la plaque chauffante. Puis le robinet cracha de la pâte à crêpes.

— C'est merveilleux de faire un vrai repas, dit le Brownie à Blake d'un ton confidentiel. La plupart des gens nous donnent des restes. C'est mieux que rien, quand on a faim, mais tout au fond de soi, on aimerait un peu plus de considération.

— Ne vous laissez pas entortiller, dit le Restaurant à Blake. Payez-lui son déjeuner, si ça vous fait plaisir, mais débarrassez-vous de lui le plus vite possible. Sinon, il va vous exploiter jusqu'au trognon.

— Les machines n'ont pas de sensibilité, dit le Brownie. Elles ignorent les instincts les plus nobles. Elles sont endurcies en face de la souffrance de ceux-là mêmes qu'elles doivent servir. Elles n'ont pas d'âme.

— Et vous non plus, espèce d'extra-terrestre sans foi ni loi ! écuma le Restaurant. Mendiant, propre à rien, parasite ! Vous exploitez l'humanité sans merci, vous n'avez aucune reconnaissance de ce qu'ils font pour vous, et vous vous ne savez pas jusqu'où vous pouvez aller trop loin.

Le Brownie jeta à Blake un coup d'œil en coin, et leva ses deux mains en un geste d'impuissance.

— Non, vous ne le savez pas, dit le Restaurant, ulcéré. Ce que je dis est la pure vérité.

Le bras mécanique ramassa les trois premières crêpes, les mit sur une assiette, posa le bacon à côté, pressa un bouton, et reçut avec dextérité trois coquilles de beurre éjectées par un toboggan. Le bras posa le tout devant Blake, puis plongea sous le comptoir et en sortit une bouteille de sirop.

Le museau du Brownie frémit de plaisir.

— Elles sentent bon, dit-il.

— Bas les pattes, vociféra le Restaurant. Vous attendrez que les vôtres soient cuites.

Au loin, très loin, un faible gémissement se fit entendre.

Le Brownie se raidit, oreilles dressées, en alerte.

Le gémissement recommença.

— Encore un! hurla le Restaurant. Ils sont censés nous avertir à l'avance, et ne pas nous prendre par surprise comme ça. Et vous, espèce de bon à rien, vous devriez être dehors pour me prévenir de leur approche. C'est pour ça que je vous nourris.

— C'est bien trop tôt pour qu'il en passe un autre, dit le Brownie. Le prochain est pour tard dans l'après-midi. Ils sont obligés de se disperser et d'emprunter des routes différentes, pour que ce ne soit pas toujours les mêmes qui aient à les supporter.

Le gémissement retentit de nouveau, plus proche, et le son plaintif flottait à travers les collines.

— Qu'est-ce que c'est ? demanda Blake.

— C'est un bateau, dit le Brownie. Un grand cargo transatlantique. Il vient d'Europe ou d'Afrique. Il a dû arriver il y a une heure, et il remonte la route.

— Parce qu'il ne s'arrête pas en arrivant à quai ?

— Non, pourquoi ? demanda le Brownie. Comme les voitures terrestres, il se déplace sur coussins d'air. Il voyage aussi bien sur terre que sur l'eau. Il arrive à quai, et continue tout simplement par la route.

On entendit le bruit mat du métal heurtant du métal. Blake vit de grands volets métalliques descendre lentement sur les fenêtres. Des crampons de fer sortirent et vinrent étayer la porte.

Maintenant, le gémissement emplissait la pièce, et, au loin, retentissaient des grondements terribles, comme si une gigantesque tempête avait fait rage sur le pays.

— Tout le monde à terre, hurla le Restaurant pour dominer le bruit. Couchez-vous, les gars. Ça a l'air d'être un gros !

La maison tremblait sur ses fondations et un bruit de tonnerre emplissait la pièce de ses roulements assourdissants.

Le Brownie s'était déjà glissé sous le tabouret, dont il entourait solidement le pied de ses deux bras. Il ouvrait la bouche, et, de toute évidence, il était en train de crier quelque chose à Blake, mais le son de sa voix se perdait dans les grondements venus de la route.

Blake dégringola du tabouret et se plaqua à terre. Il chercha à se raccrocher au sol, mais celui-ci était recouvert de plastique, dur et lisse et ne lui offrit pas de prise.

Le Restaurant semblait courber le dos, tandis que les grondements du bateau devenaient presque intenables. Blake se sentit glisser sur le sol.

Puis le grondement diminua, redevint un gémissement faible et lointain, et s'éteignit.

Blake se releva.

Une mare de café s'étalait sur le comptoir à la place de sa tasse, mais la tasse avait disparu. Son assiette était par terre, brisée en mille morceaux. Les crêpes gisaient lamentablement sur le tabouret. Les crêpes destinées au Brownie étaient toujours sur la plaque chauffante, mais elles fumaient, complètement carbonisées.

— Je vais tout recommencer, dit le Restaurant.

Le bras saisit une spatule, gratta les crêpes brûlées et les jeta dans une poubelle sous le poêle.

Blake vit que tout l'espace derrière le comptoir était jonché de vaisselle cassée.

— Regardez-moi ça, glapit le Restaurant. On devrait faire une loi. Je préviendrai le patron, il portera plainte contre cette compagnie, et il s'arrangera pour se faire rembourser, — comme toujours jusqu'ici. Si vous voulez porter plainte, les gars, j'ai des imprimés. Vous pouvez mettre « agonie mentale », ou n'importe quoi. Vous voulez un formulaire ?

Blake secoua la tête.

— Mais en voiture, qu'est-ce qui se passe, si on rencontre un de ces machins-là ?

— Vous n'avez pas vu des blockhaus de trois mètres de haut, le long de la route, avec leurs voies d'accès ?

— Oui, en effet, dit Blake.

— Dès qu'ils quittent l'eau pour la terre, les bateaux sont obligés de déclencher leurs sirènes, et de les laisser hurler pendant tout le voyage. Aussitôt que vous les entendez, vous allez vous garer dans le blockhaus le plus proche, et vous y restez jusqu'à ce que le bateau soit passé.

Le robinet glissait avec autorité sur sa tringle, versant la pâte sur la plaque.

— Et comment ça se fait, jeune homme, que vous ne connaissiez pas les bateaux et les blockhaus ? demanda le Restaurant. Vous êtes de la campagne, on dirait ?

— Mêlez-vous de ce qui vous regarde, dit le Brownie. Occupez-vous plutôt de notre déjeuner.

CHAPITRE XXIII

— Je vais faire un bout de chemin avec vous, dit le Brownie quand ils quittèrent le restaurant.

Derrière eux, le soleil levant rougeoyait sur l'horizon, et leurs ombres allongées sautillaient devant eux sur la route. Le revêtement en était usé et craquelé, remarqua Blake.

— Ils n'entretiennent plus les routes comme autrefois, dit Blake.

— Ce n'est pas la peine, dit le Brownie. Il n'y a plus de roue. On n'a pas besoin d'une surface lisse puisqu'il n'y a pas de contact. Les voitures se déplacent toutes sur coussins d'air. Les routes ne servent qu'à canaliser le trafic, pour qu'il ne se répande pas dans toutes les directions. Aujourd'hui, quand ils font une nouvelle route, ils se contentent de planter une double rangée de piquets, pour montrer aux conducteurs où il faut passer.

Ils marchaient sans se presser. Dans un grand battement d'ailes, un vol de merles se leva sur leur gauche.

— Ils se rassemblent, dit le Brownie. Ils partiront bientôt. Très effrontés, les merles. Pas comme les alouettes ou les rouges-gorges.

— Vous connaissez ces animaux sauvages ?

— Nous vivons avec eux, dit le Brownie. Nous finissons par les comprendre. Dans certains cas, nous en arrivons presque à pouvoir leur parler. Pas aux oiseaux, bien sûr. Les oiseaux et les poissons sont stupides. Mais les ratons laveurs, les renards, les rats musqués et les visons sont des interlocuteurs valables.

— D'après ce qu'on m'a dit, vous vivez dans les bois.

— Dans les bois et les champs. Ça dépend. Nous prenons les choses comme elles viennent. Nous nous adaptons aux circonstances. Nous sommes les frères de tout ce qui vit. Nous ne nous querellons avec personne.

Blake chercha à se souvenir de ce que Daniels lui avait dit. Un étrange petit peuple, qui s'était mis à aimer la terre, non à cause de l'espèce dominante, mais à cause de la planète elle-même. Peut-être, pensa Blake, parce qu'ils avaient trouvé chez les résidents inférieurs, chez les quelques citoyens rescapés des bois et des champs le genre d'amitié sans complication qui leur plaisait. Ils tenaient absolument à vivre à leur façon, à conserver leur indépendance, et pourtant, ils se conduisaient en mendiants et en parasites, s'attachant familièrement à quiconque satisfaisait le peu de besoins qu'ils avaient.

— J'ai rencontré l'un de vous il y a quelques jours, dit Blake. Vous m'excuserez, mais je ne suis pas sûr. Seriez-vous...

— Oh non, dit le Brownie. Ce n'était pas moi. C'était celui qui vous a repéré.

— Repéré ?

— Mais oui. Et il pense qu'il faut vous observer. Il dit que vous êtes plusieurs dans le même corps, et que vous avez des ennuis. Il a passé le mot d'ordre parmi nous, pour que ceux qui le pourraient s'occupent de vous.

— Apparemment, vous avez bien observé la consigne. Ça ne vous a pas pris longtemps pour me retrouver.

— Quand nous décidons de faire quelque chose, nous

pouvons être très efficients, dit fièrement le Brownie.
— Mais moi ? Qu'est-ce que j'ai à voir avec vous ?
— Je ne sais pas exactement, dit le Brownie. Nous devons nous occuper de vous. Vous n'avez pas besoin d'en savoir plus. Vous pouvez compter sur nous.
— Je vous remercie, dit Blake. Je vous remercie beaucoup.

Il ne lui manquait vraiment plus que ça, se dit-il, que d'être surveillé par cet extravagant petit peuple !

Ils marchèrent un moment en silence, puis Blake dit :
— Ainsi, celui d'entre vous que j'ai rencontré, vous a dit de vous occuper de moi...
— Il n'y a pas qu'à moi...
— Je sais, dit Blake, il l'a dit à vous tous. Mais pourriez-vous m'expliquer comment il vous l'a fait savoir ? C'est peut-être une question stupide. Après tout, il y la poste et le téléphone.

Le Brownie émit un grognement de dégoût.
— Plutôt mourir qu'utiliser de pareils artifices. Ce serait contre nos principes, et d'ailleurs, nous n'en avons pas besoin. Nous nous contentons de nous passer la consigne.
— Est-ce que vous seriez télépathes ?
— Pour vous dire la vérité, je dois reconnaître que je ne sais pas si nous le sommes ou non. Nous ne pouvons pas transmettre des mots, si c'est ce que vous entendez par télépathie. Mais nous jouissons d'une sorte d'unité. C'est très difficile à expliquer.
— C'est ce que je pensais, dit Blake. Une sorte de télégraphe psychique à l'intérieur de la tribu.
— Je ne comprends rien à ce que vous dites, dit le Brownie, mais si vous voulez vous expliquer les choses ainsi, ça ne fait de mal à personne.
— Je suppose, dit Blake, qu'il y a beaucoup de gens dont vous vous occupez ainsi ?
— Non, vous êtes le seul, dit le Brownie. Le seul pour

le moment, en tout cas. Il nous a dit que vous étiez plusieurs et...

— Je ne vois pas quelle importance...

— Mais je vous demande pardon, dit le Brownie. C'est au contraire très important. C'est très rare de trouver une créature qui est plusieurs. Verriez-vous un inconvénient à me dire combien vous êtes, exactement ?

— Je suis trois, dit Blake.

Le Brownie se mit à sauter de joie.

— Je le savais, piailla-t-il. J'avais parié avec moi-même que vous étiez trois. L'un de vous est chaud et poilu, avec un caractère explosif. Est-ce exact ?

— Oui, dit Blake, c'est assez exact.

— Mais l'autre, dit le Brownie, me plonge dans la perplexité.

— Serrons-nous la main, dit Blake. Moi aussi, il me plonge dans la perplexité.

CHAPITRE XXIV

Quand il arriva au sommet de la pente abrupte qu'il venait de gravir, Blake l'aperçut dans la vallée large d'environ deux kilomètres qui s'étendait entre les deux collines. Il était posé dans le fond de la vallée qu'il semblait remplir à moitié, — immense appareil noir et ventru, qui ressemblait à un monstrueux insecte, renflé au milieu et carré aux deux extrémités.

Blake s'arrêta pour le regarder. Il n'avait jamais vu de croiseur, mais l'énorme chose tapie au fond de la vallée ne pouvait être que le croiseur qui avait ébranlé le restaurant.

Les voitures passaient en vrombissant près de Blake, et les jets d'air que crachaient leurs moteurs venaient le frapper de plein fouet.

Il y avait une heure qu'il avait quitté le Brownie, et il continuait à peiner de l'avant, à la recherche d'un abri pour dormir. Mais, de chaque côté de la route, les longues bandes des récoltes différentes s'étendaient à perte de vue, dans le chatoiement brun et or de l'automne. On n'apercevait aucune habitation à moins d'un kilomètre de la route, et Blake se demanda si le passage des croiseurs et probablement d'autres grands transporteurs expliquait cette particularité, ou si elle était due à une autre raison.

Très loin vers le sud-ouest, s'élevait un petit groupe de tours étincelantes, — peut-être des gratte-ciel d'habitation, qui tout en étant assez proches de Washington, permettaient à leurs habitants de jouir de la vie campagnarde.

Suivant prudemment l'extrême bord du bas-côté de la route, Blake descendit la colline et arriva enfin près du croiseur. Il s'était arrêté au bord de la route, perché sur des sortes d'échasses qui le maintenaient à environ deux mètres au-dessus du sol. De près, il paraissait encore plus grand, et dominait Blake de toute la hauteur de ses sept mètres.

A l'avant, adossé à l'escalier conduisant à la cabine de pilotage, un homme était assis, jambes allongées devant lui, tunique retroussée, et casquette rabattue sur les yeux.

Blake s'arrêta pour le regarder.

— Bonjour, l'ami, dit Blake. On dirait que vous êtes en panne.

— Salut, frère, dit l'homme, se laissant prendre au déguisement de Blake. Vous avez deviné. Un réacteur a lâché, et j'ai perdu le contrôle. Encore heureux d'avoir atterri sans accident.

Il cracha de dégoût dans la poussière.

— Maintenant, on n'a plus qu'à attendre. J'ai demandé par radio des pièces de rechange et une équipe de réparation, mais ils ne se pressent pas, comme d'habitude.

— Vous avez dit : « on ».

— On est trois, dit le mécanicien. Les deux autres sont en train de roupiller.

Il montra du pouce le quartier d'habitation situé derrière la cabine de pilotage.

— On était juste dans les temps, dit-il. C'est ça qui

me fait râler. Bonne traversée, mer calme et pas de brouillard. Mais maintenant, on aura des heures de retard en arrivant à Chicago. Je sais bien qu'il y a les heures supplémentaires, mais ça n'intéresse personne.

— Vous allez à Chicago ?

— Oui, cette fois. Mais on change à chaque fois. On ne va jamais deux fois au même endroit.

Il tira sa casquette en arrière.

— Je n'arrête pas de penser à Mary et aux gosses, dit-il.

— C'est votre famille ? Il y a sûrement un moyen de les contacter, de les prévenir de ce qui est arrivé.

— J'ai bien essayé, mais il n'y a personne à la maison. A la fin, j'ai demandé à la téléphoniste d'envoyer quelqu'un leur dire que je ne passerais pas. Enfin, pas tout de suite. Parce que chaque fois que je prends cette route, ils savent à quelle heure je passe, ils sortent pour me voir, et ils me font de grands signes. Les gosses, ça leur fait drôlement plaisir de voir leur vieux conduire un monstre pareil.

— Vous habitez près d'ici ? dit Blake.

— Une petite ville, dit le mécanicien. Un petit trou à environ cent cinquante kilomètres d'ici. Une vieille ville, à l'écart des grandes routes. Elle est restée juste comme elle était il y a deux cents ans. De temps en temps, ils refont bien une façade dans la grand-rue, ou ils transforment un peu une maison, mais dans l'ensemble, elle ne change pas. Pas de gratte-ciel, comme ils en construisent partout. Rien de nouveau. C'est agréable, c'est bon enfant. Personne ne vous bouscule. Pas de Chambre de Commerce. Personne ne se crève pour s'enrichir. Ceux que ça intéressent de gagner de l'argent, ou de se pousser dans la société, ils s'en vont. On va à la pêche, à la chasse. On joue aux boules.

Il leva les yeux sur Blake.

— Vous voyez ce que je veux dire.

Blake hocha la tête.

— C'est bien pour les enfants, dit le mécanicien.

Il ramassa un morceau de bois mort, et se mit machinalement à faire des trous dans la terre.

— La ville s'appelle Willow Grove, reprit-il. Vous connaissez ?

— Non, dit Blake, je crois pas avoir jamais...

Mais il réalisa brusquement que ce n'était pas vrai. Il avait déjà entendu ce nom ! Quand, escorté du garde, il était rentré de chez le sénateur, le message qui l'attendait sur la T.P. parlait de Willow Grove.

— Alors, vous connaissez ? dit le mécanicien.

— Je crois, dit Blake. J'ai entendu ce nom quelque part.

— C'est agréable comme ville, dit l'homme.

Que disait ce message ? Qu'il devait contacter quelqu'un dans la ville de Willow Grove et qu'il apprendrait quelque chose de grande importance pour lui. Et il y avait le nom de celui qu'il devait contacter. Comment s'appelait-il, déjà ? Blake chercha désespérément, passant ses souvenirs au crible, mais il ne trouva rien.

— Il faut que je m'en aille, dit-il. J'espère que l'équipe de réparation arrivera bientôt.

L'homme cracha de dégoût.

— Pour ça, ils ne se pressent pas. Ils prennent tout leur temps.

Blake repartit en direction de la colline assez raide qui se dressait de l'autre côté de la vallée. Au sommet de la colline, il apercevait une ligne d'arbres se détachant contre le ciel, et dont les couleurs éclatantes d'automne rompaient la monotonie des jaunes et des bruns des champs. Peut-être trouverait-il à se cacher parmi ces arbres, pour prendre un peu de repos.

Revenant en arrière par la pensée, Blake essaya de revivre la fantasmagorie de la nuit passée, mais tout avait encore un air irréel. C'était un peu comme si ces aventures étaient arrivées, non à lui, mais à un étranger.

On devait continuer à le pourchasser, bien sûr, mais

il avait momentanément échappé aux griffes de l'autorité. A l'heure qu'il était, Daniels avait probablement compris ce qui s'était passé, et on devait le chercher, lui aussi, et pas seulement le loup.

Il arriva au sommet de la colline, et, devant lui, un peu plus bas sur la pente, il vit les arbres, pas une ligne d'arbres, comme il l'avait pensé, mais un bois, qui couvrait presque toute la pente, de chaque côté de la route. En bas, dans le creux de la vallée, s'étendaient des champs, mais les bois recommençaient sur la colline suivante. Il réalisa que, dans cette région de collines abruptes, les pentes étaient trop raides pour la culture, d'où cette alternance de champs et de bois qui devait continuer sur des kilomètres.

Il commença à descendre la pente, quand il surprit un mouvement furtif à la lisière des bois. Alarmé et perplexe, il attendit pour voir s'il se reproduisait. Il savait que ce pouvait être un oiseau sautant de branche en branche dans le sous-bois, ou encore, un animal. Mais les bois avaient repris leur immobilité, à l'exception de l'ondulation paresseuse des frondaisons éclatantes sous la brise légère.

Il arriva de l'autre côté des bois, et quelque chose le siffla.

Pris de peur, il s'arrêta et regarda vers le sous-bois.

— Par ici, chuchota une voix criarde.

Tournant les yeux du côté d'où venait la voix, il aperçut alors le Brownie qui, fourrure brune et culotte verte, se fondait parfaitement dans le paysage.

Encore un, pensa-t-il. Encore un, Grands Dieux, et cette fois il n'avait rien à lui donner à manger.

Il quitta vivement la route, remonta le fossé, et entra sous bois. Le Brownie ne resta pour lui qu'une vague silhouette fondue dans les arbres jusqu'à ce qu'il l'eût rejoint.

— Je vous guettais, dit le Brownie. On m'a dit que

vous êtes fatigué et que vous cherchez une retraite pour dormir.

— C'est vrai, dit Blake. Jusqu'ici, je n'ai trouvé que des champs.

— Eh bien, dit le Brownie, venez chez moi, si vous ne voyez pas d'inconvénient à partager mon hospitalité avec une créature infortunée à laquelle j'ai offert ma protection.

— Avec plaisir, dit Blake. Qui est cette autre créature ?

— Un raton laveur, dit le Brownie, pris en chasse par une meute de chiens sans pitié. Ils l'ont beaucoup malmené, mais il est parvenu à leur échapper. Dans ces collines, on pratique en effet un sport humain très populaire, connu sous le nom de chasse au raton.

— Oui, dit Blake, j'en ai entendu parler.

Mais il savait aussi qu'il ne s'en était souvenu qu'au moment où le Brownie lui en avait parlé.

Une fois encore, une phrase avait réveillé un souvenir insoupçonné jusqu'à ce moment, pensa-t-il, et un autre morceau de son passé humain avait repris sa place. Son souvenir se fit plus conscient, puis très vivace. Il revit la nuit éclairée aux lanternes, les hommes sur la colline, à l'affût, fusil au poing, attendant que les chiens relèvent une piste, puis soudain, l'aboiement claironnant d'un chien ayant senti le gibier. Puis tous les chiens se joignaient à lui et la vallée et la colline retentissaient de cette fanfare sauvage. Il lui semblait sentir l'odeur douceâtre des feuilles mortes et gelées, il revoyait les branches dénudées qui se détachaient sur le ciel dans le clair de lune, et ressentait l'excitation de la chasse au moment où les chiens prenaient d'assaut la colline. Puis c'était la descente effrénée de l'autre côté, à la faible lueur des lanternes, la hâte fébrile à rattraper les chiens pour ne pas être distancé.

— J'ai essayé d'expliquer au raton laveur que, si vous venez, ce sera en ami, dit le Brownie. Mais je ne suis pas sûr qu'il ait compris. Ce n'est pas un animal très intelligent, et, comme vous le comprendrez aisément, il est encore traumatisé.

— J'essaierai de ne pas l'alarmer, assura Blake. Je ne ferai aucun mouvement brusque. Est-ce que vous aurez assez de place pour nous deux ?

— Oh, certainement, dit le Brownie. J'habite dans un arbre creux. Il y a beaucoup de place.

Dieu du Ciel, pensa Blake, tout cela n'était-il pas un rêve ! Voilà qu'il parlait, en pleine forêt, avec une créature sortie tout droit d'un livre d'enfants, et qu'il était invité à partager un arbre creux avec un raton laveur !

Mais d'où lui venait le souvenir de la chasse au raton ? Avait-il jamais réellement pris part à une telle chasse ? Cela lui semblait impossible. Car il savait parfaitement ce qu'il était, un humain fabriqué synthétiquement, et fabriqué dans un but bien précis et un seul. Et dans ces conditions, il semblait improbable qu'il ait jamais été à la chasse au raton.

— Si vous voulez bien me suivre, dit le Brownie, je vous montrerai le chemin.

Blake suivit le Brownie, et il eut l'impression d'entrer dans une contrée féerique imaginée par un peintre dément. Comme des joyaux, des feuilles de toutes les nuances d'or et de rouge décoraient les rejets, les buissons et les herbes, et, avec à la fois plus de délicatesse et plus d'éclat, répondaient à la débauche de couleurs automnales de la voûte des arbres. De nouveau, le souvenir lui revint, d'un endroit, ou peut-être, de beaucoup d'autres endroits, semblables à celui-là. Des souvenirs qu'il ne pouvait ni localiser ni dater, mais qui lui coupaient le souffle, quand il revoyait la beauté d'autres bois en d'autres temps, saisie à cet instant fugitif où les couleurs de l'automne ont le plus d'éclat, juste avant qu'elles commencent à se ternir, à l'instant précis qui précède leur détérioration finale.

Ils suivaient une piste à peine tracée, si peu que beaucoup ne l'auraient même pas remarquée.

— C'est joli, par ici, dit le Brownie. C'est l'automne que j'aime le mieux. On dit que sur notre planète natale, il n'y avait rien qui ressemble à l'automne.

— Vous avez encore des connaissances sur votre planète ?

— Bien sûr, dit le Brownie. On se les transmet de père en fils. C'est notre héritage. Avec le temps, je suppose pourtant que nous oublierons, car alors, c'est la Terre qui sera notre planète. Mais pour le moment, nous devons les connaître à fond toutes les deux.

Ils arrivèrent à un arbre gigantesque, un chêne puissant de trois mètres de diamètre, noueux, tordu, couvert d'épaisses mousses brunes et argentées. De hautes fougères l'entouraient. Le Brownie les écarta.

— Entrez, dit le Brownie. Vous m'excuserez, mais vous serez obligé d'entrer à quatre pattes. L'endroit n'a pas été fait pour les humains.

Blake se mit à quatre pattes. Les fougères lui chatouillèrent le visage et le cou, puis il se retrouva dans une obscurité douce et fraîche, qui embaumait l'odeur du vieux bois. D'en haut, trouant l'obscurité, filtrait un peu de lumière.

Il se retourna lentement et s'assit avec précaution.

— Bientôt, dit le Brownie, vos yeux s'habitueront à l'obscurité, et vous pourrez voir autour de vous.

— Je vois déjà un peu, dit Blake. Il y a de la lumière.

— Plus haut, il y a des trous laissés par les branches. L'arbre meurt de vieillesse, ce n'est plus qu'une coquille. Il y a longtemps, il a été endommagé par un incendie de forêt, et depuis, l'intérieur du tronc tombe en poussière. Mais, à moins d'une grande tempête, il peut tenir encore des années. En attendant, il nous sert de maison, et, plus haut, habite une famille d'écureuils. Il y a aussi beaucoup de nids, quoique beaucoup d'oiseaux soient partis. Au cours des ans, cet arbre a servi d'abri à bien des créatures, et quand on y vit, on a l'impression de faire partie d'une grande famille.

Ses yeux s'étaient un peu habitués à l'obscurité, et Blake pouvait maintenant voir l'intérieur du tronc. Les surfaces verticales étaient assez lisses, comme si l'on avait gratté toutes les parties pourries. Le fût creux s'élevait au-dessus de sa tête comme une énorme cheminée, et vers le haut de ce tunnel, il voyait de petites taches lumineuses, là où les trous laissés par les branches laissaient entrer la lumière.

— Personne ne vous dérangera, dit le Brownie. Ma famille comprend deux autres adultes. Suivant la terminologie humaine, je pourrais dire que ce sont mes femmes. Mais les humains les intimident. Et j'ai aussi plusieurs enfants.

— Excusez-moi, dit Blake, je ne voudrais pas...

— Ne vous inquiétez pas, dit le Brownie. Les femmes s'emploieront utilement à ramasser des racines et des noix. Quant aux enfants, ils ne sont jamais à la maison. Ils ont des foules d'amis dans ces bois, et ils passent tout leur temps avec eux.

Blake regarda autour de lui. Il n'y avait aucun objet.

— Pas de meubles, lui dit tranquillement le Brownie. Pas de possessions matérielles. Nous n'en avons jamais eu besoin dans le passé ; nous n'en avons pas davantage besoin aujourd'hui. Nous avons quelques réserves alimentaires, — des caches pleines de noix, de grains et de racines, — en vue de l'hiver, mais c'est tout. J'espère que cette imprévoyance ne vous donnera pas mauvaise opinion de nous.

Blake secoua la tête, autant pour lui répondre que pour exprimer sa perplexité.

Quelque chose remua furtivement dans un coin, et Blake se retourna. Une tête le regardait tranquillement, museau poilu, yeux luisant dans le noir.

— C'est notre ami, dit le Brownie. Il n'a pas l'air d'avoir peur de vous.

— Je ne lui ferai aucun mal, dit Blake avec quelque raideur.

— Vous avez faim ? demanda le Brownie. Nous avons...

— Non, merci, dit Blake. J'ai mangé ce matin avec un de vos compatriotes.

Le Brownie hocha tranquillement la tête.

— C'est lui qui m'a averti de votre passage. C'est pourquoi je vous ai attendu. Il ne pouvait pas vous héberger ; il n'a qu'un terrier, beaucoup trop petit pour des humains.

Le Brownie se détourna pour partir.

— Je ne sais comment vous remercier, dit Blake.

— Vous nous avez déjà remerciés, dit le Brownie. Vous nous avez acceptés et vous avez accepté notre aide. C'est très important pour nous, car, d'ordinaire, c'est nous qui recherchons l'aide des humains. Et nous vous sommes reconnaissants de nous avoir permis de rembourser une infime partie de cette dette.

Blake se retourna pour regarder de nouveau le raton laveur. Il l'observait toujours de ses yeux flamboyants. Pendant ce temps, le Brownie s'éclipsa.

Blake attira son havresac à lui et en inventoria le contenu. Une couverture fine et compacte, à l'étrange éclat métallique, différente de toutes les couvertures qu'il avait jamais vues ; un couteau dans son fourreau ; une hache pliante ; une petite batterie de cuisine ; un briquet et un flacon d'essence ; une carte ; une lampe électrique ; un...

Une carte !

Il la prit et la déplia, l'éclairant de sa lampe et se penchant pour lire les noms des villes.

Willow Grove, à cent cinquante kilomètres d'ici, avait dit le mécanicien. Et il la trouva sur la carte, cette ville où il allait. Enfin, pensa-t-il, il avait enfin une destination dans ce monde et dans cette situation où il lui avait semblé qu'il n'en aurait jamais. Un endroit où aller, et une personne à voir. Une personne dont il avait oublié le nom, mais qui avait des informations de grand intérêt pour lui.

Il mit la couverture de côté, et rangea tout le reste dans le sac.

Il vit que le raton laveur s'était un peu rapproché, apparemment intrigué par les choses qu'il avait sorties du havresac.

Blake se rapprocha du mur, déplia la couverture qu'il étendit sur lui avant de se border de chaque côté. La couverture semblait coller à lui, comme si son corps était un aimant, et, malgré sa minceur, elle lui tenait bien chaud. Le sol était lisse et doux. Blake ramassa une poignée de la substance qui le composait et le fit couler entre ses doigts. Il vit que c'était de minuscules fragments de bois qui, pendant des années, étaient tombés du tunnel de l'arbre creux.

Il ferma les yeux, et le sommeil s'empara lentement de lui. Il lui sembla que sa conscience s'abîmait dans une fosse où il y avait quelque chose, — deux autres lui-même, qui le saisissaient, le retenaient et l'entouraient, si bien qu'il finissait par ne plus faire qu'un avec eux. Il avait l'impression de rentrer chez lui, de retrouver des amis après une longue séparation. Aucune parole ne fut prononcée, et les paroles n'étaient pas nécessaires. Il ressentait une chaleur, une compréhension, une unité merveilleuses, et il n'était plus Andrew Blake, il n'était même plus humain. Il était un être sans nom, mais plus grand qu'Andrew Blake ou qu'aucun humain.

Pourtant, au sein de ce sentiment d'unité, une pensée importune vint le tourmenter. Il se débattit, s'échappa, et redevint lui-même, retrouva une identité, — mais pas celle d'Andrew Blake, non. Celle de Convertisseur.

— Chercheur, quand nous nous réveillerons, il fera plus froid. Tu veux prendre la relève ? Tu te déplaces plus vite, et tu vois dans l'obscurité et...

— Je prendrai la relève. Mais tu n'auras plus tes vêtements et ton havresac. Tu seras tout nu et...

— Tu peux les porter. Tu as des bras et des mains, penses-y. Tu l'oublies tout le temps.

— C'est bon ! dit Chercheur. C'est bon ! C'est bon !

— Willow Grove, dit Convertisseur.

— Oui, je sais, dit Chercheur. Nous avons regardé la carte avec toi.

Il recommença à s'assoupir, mais quelque chose lui toucha le bras, et il ouvrit les yeux.

Le raton laveur avait traversé l'espace qui les séparait, et se trouvait maintenant tout près de lui.

Il souleva un coin de la couverture, le rabattit sur le petit corps poilu, et ils s'endormirent tous les deux.

CHAPITRE XXV

Convertisseur avait dit qu'il ferait plus froid, et c'était vrai. Mais il faisait encore trop chaud, trop chaud pour courir, trop chaud pour faire une performance. Pourtant, quand Chercheur atteignit le sommet de la colline, le vent du nord le rafraîchit agréablement.

Il s'immobilisa sur le sol rocailleux, jouissant de la fraîcheur. Car, par suite de la composition géologique du sol, sans doute, aucun arbre ne s'opposait ici au vent. Les arbres s'arrêtaient avant le sommet, chose curieuse en ces collines complètement couvertes de bois.

Le ciel était clair, et il y avait beaucoup d'étoiles, quoique pas tant qu'il en aurait pu voir de sa planète natale, pensa Chercheur. Et, sur cette élévation de terrain, il aurait pu capter des images venues des étoiles, quoiqu'il sût maintenant, par Penseur, que ce n'étaient pas des images, mais des impressions kaléidoscopiques d'autres races et d'autres cultures, et qu'elles fournissaient les faits bruts d'où on pourrait un jour déduire la vérité de l'univers.

Il frissonna en y pensant, en pensant que son esprit

pouvait s'élancer à travers des années-lumière, et capter les émissions d'autres esprits et d'autres sens. Il frissonna, mais il savait que Penseur ne frissonnerait pas, même si Penseur avait possédé les muscles et les nerfs nécessaires pour frissonner. Car rien, absolument rien, ne pouvait étonner Penseur ; pour lui, l'univers n'avait rien de mystique, mais n'était qu'une masse de faits, de principes et de méthodes qui, introduits dans son esprit, servaient d'aliments à sa logique.

Mais pour moi, tout est mystique, pensa Chercheur. Chez moi, il n'y a aucun besoin de raison, aucune nécessité de recherche logique, aucune obsession froide et déterminée d'aller sans relâche déterrer de nouveaux faits.

La queue pendant presque jusqu'au sol, il restait immobile sur le sol rocailleux, son museau grisonnant levé dans le vent cinglant. Pour lui, c'était assez, pensa-t-il, que l'univers soit un objet de beauté et d'émerveillement. Il n'avait jamais demandé davantage, — et il savait que c'était son espoir le plus cher que rien ne vienne jamais émousser ce sentiment de beauté et d'émerveillement.

Ou bien ce processus d'émoussement avait-il déjà commencé ? Il s'était placé dans une position, (ou plutôt, il avait été placé dans une position) qui offrait un champ beaucoup plus grand à sa recherche de nouvelles merveilles et de nouveaux mystères. Mais l'émerveillement et la beauté n'étaient-ils pas amoindris par l'idée qu'il ne faisait que fournir à Penseur des matériaux pour exercer sa logique ?

Il essaya d'approfondir son idée, mais il sentit que le mysticisme et la beauté lui appartenaient toujours en propre. L'émerveillement qui le faisait frissonner avait toujours sa place, sur ce sommet balayé par le vent, sous ce ciel tout constellé d'étoiles, dans le vent qui soufflait sur les forêts, et les bois qui bruissaient dans le noir, avec toutes ces odeurs étranges et étrangères et les vibrations d'un autre monde qui frissonnaient dans l'air.

Il semblait n'y avoir aucun danger en vue jusqu'à la prochaine colline. Loin sur sa gauche, des rubans de lumière mouvante marquaient le passage des voitures sur la route qui traversait les collines. Dans la vallée, il y avait des habitations qui trahissaient leur présence par des rayons de lumière et par des vibrations qui s'en échappaient à flots, — des vibrations ou des radiations (comme on voulait) de la vie humaine elle-même et de cette force étrange que les humains appelaient électricité.

Il y avait des oiseaux perchés dans les arbres, et un animal plus grand, (quoique plus petit que lui-même), glissait silencieusement dans les sous-bois, sur sa droite. Les musaraignes se pelotonnaient dans leurs nids, une marmotte dans son terrier, — et il y avait d'innombrables hordes de petits fouisseurs, et de minuscules nécrophages qui s'agitaient sur le sol et dans les feuilles mortes. Mais il les élimina de sa pensée consciente, car, pour le moment, ils ne l'intéressaient pas.

Il descendit tranquillement la colline à travers bois, repérant tous les arbres et les buissons sur son chemin, cataloguant et évaluant toutes les grandes créatures, en alerte, ne craignant que de ne pas reconnaître un danger possible.

Il sortit des arbres. Les champs s'étendaient devant lui, — les champs, les routes et les maisons, — et il marqua un nouveau temps d'arrêt pour reconnaître le terrain.

Un humain longeait une crique accompagné de son chien, une voiture roulait lentement sur une voie privée conduisant à une maison de l'autre côté de la crique, et un troupeau de vaches dormait dans un champ. Mais à part ça, il n'y avait rien, que des musaraignes, des rats et autres petites bêtes.

Il se mit en route pour traverser la vallée d'abord

au trot, puis au galop, et arriva bientôt au pied de la colline suivante qu'il escalada à bonne vitesse avant de dégringoler la pente de l'autre côté.

Il serrait sous son bras droit le havresac, maintenant très volumineux, car il contenait les vêtements de Convertisseur en plus de tout le reste. Le sac le gênait beaucoup car il le déséquilibrait, et il devait constamment veiller à ce qu'il ne s'accroche pas aux branches.

Il s'arrêta un moment, posa le sac, et replia le bras gauche, qui, délivré de son fardeau, rentra avec lassitude dans sa poche d'épaule. Il propulsa son bras droit en avant, ramassa le sac, se le fourra sous le bras et repartit. Peut-être devrait-il changer de bras plus souvent, se dit-il. Ce serait moins pénible.

Il traversa une autre vallée, monta la colline suivante et s'arrêta au sommet avant de continuer.

Willow Grove, avait dit Convertisseur. Cent cinquante kilomètres. Il pourrait y être à l'aube s'il continuait à ce train. Mais qu'est-ce qui les attendait tous les trois à Willow Grove ? « Willow », le saule, était un arbre, et « Grove », bouquet, voulait dire un groupe d'arbres. Les humains avaient une curieuse façon de nommer les endroits géographiques. Ce n'était pas logique, car un bouquet d'arbres était fatalement destiné à disparaître, et le nom de lieu perdait alors toute signification.

C'était transitoire, pensa-t-il. Mais les humains eux-mêmes étaient une race transitoire. Ce changement continuel dans leurs vies, cette chose qu'ils appelaient progrès, les rendaient transitoires. Il lui semblait préférable d'élaborer un genre de vie satisfaisant pour toute la race, de choisir certaines valeurs de base, et de s'y tenir.

Il fit un pas sur la pente, un seul, et s'arrêta, aux aguets.

Le son se répéta, — un aboiement faible et lointain. Un chien, se dit-il. Un chien qui a trouvé une piste.

Il s'élança sur la pente, mais il sondait avec précaution tout l'espace, devant lui et autour de lui. Rien d'inquiétant. Il déboucha au trot dans la vallée, sauta une barrière, et continua.

Pour la première fois, il se sentait fatigué. En dépit de la fraîcheur relative de la nuit, il n'était pas habitué à la chaleur de la Terre. Et il avait couru vite, pour couvrir le plus de terrain possible, pour arriver à Willow Grove au matin. Pour trouver son second souffle, il allait être obligé de se surveiller. De ralentir.

Il traversa toute la vallée au trot. Plus de galop, cette fois. Il monta lentement la colline suivante, en se disant qu'il se reposerait au sommet, et qu'ensuite, il pourrait repartir à toute vitesse.

Au milieu de la pente, il entendit de nouveau les aboiements, mais plus forts et plus proches. Mais avec le vent qui soufflait, il ne pouvait pas déterminer avec exactitude de quelle distance ni de quelle direction ils venaient.

Au sommet, il s'arrêta et s'assit. La lune se levait, et les arbres parmi lesquels il se trouvait projetaient de longues ombres sur une petite prairie qui couronnait la colline.

Décidément, les aboiements s'étaient rapprochés, et il n'y avait pas qu'un seul chien. Il essaya de les compter. Il y en avait au moins quatre, peut-être cinq ou six.

Une chasse au raton, peut-être. Le Brownie avait parlé de certains humains qui se servaient de chiens pour chasser le raton laveur. Ils appelaient ça un sport. Mais il ne s'agissait pas d'un sport, bien entendu. Donner à une chose de ce genre le nom de sport relevait d'un genre particulier de perversion, — mais à y réfléchir, les humains semblaient sujets à de nombreuses perversions. Une bonne guerre, franche et honnête, c'était autre chose. Tandis que cette distraction n'avait rien d'une guerre, et rien d'honnête non plus.

Sur la pente derrière lui, les aboiements se rapprochaient, et se rapprochaient vite. Il y avait maintenant quelque chose d'avide et frénétique dans les jappements des chiens. Ils suivaient une piste et se rapprochaient rapidement.

Ils suivaient une piste !

Chercheur bondit sur ses pieds, se retourna, et projeta son cône sensitif sur la pente qu'il venait de monter. Il les détecta sans peine, — ils montaient en courant la colline, ils n'avaient plus besoin de flairer le sol, ils montaient, nez au vent, pour capter l'odeur qu'ils suivaient.

Il comprit brusquement ce qu'il aurait dû deviner depuis longtemps, et déjà sur l'autre colline quand il avait entendu les aboiements pour la première fois. Ce n'est pas un raton laveur que les chiens suivaient. Ils en voulaient à un plus gros gibier.

Un frisson d'horreur lui parcourut l'échine, il fit demi-tour, et plongea sur la pente à toute vitesse. Derrière lui, les chiens atteignirent le haut de la colline, et leur sauvage chant de guerre, n'étant plus déflecté par la pente montante, se mit à résonner, haut et clair.

Chercheur filait, corps aplati près du sol, queue volant droit derrière lui, et ses pattes se mouvaient si vite qu'elles en devenaient presque invisibles. Il traversa la vallée au galop et monta la colline au pas de charge. Il avait distancé les chiens, mais de nouveau, il sentait ses forces drainées par la fatigue, et il connaissait l'issue inévitable de la poursuite. Il pouvait distancer ses poursuivants par des pointes frénétiques de vitesse, mais à la fin, c'est lui qui perdrait, il serait rattrapé quand la fatigue accumulée le terrasserait. Peut-être serait-il plus sage de choisir son terrain, et de les attendre de pied ferme, se dit-il. Mais ils étaient trop. Deux ou trois, oui, — il savait qu'il pouvait venir à bout de deux ou trois. Mais ils étaient plus de trois. Il pouvait aussi jeter le havresac, et, débarrassé du poids et du déséquilibre qu'il causait, il courrait plus vite. Mais l'avantage serait bien mince, et il avait promis à Convertisseur de le garder. Convertisseur serait contrarié s'il l'abandonnait. Convertisseur était déjà souvent contrarié parce qu'il lui arrivait d'oublier qu'il avait des bras et des mains.

C'était étrange, pensa-t-il, que les chiens puissent le suivre à la trace. En tant qu'étranger à cette planète, il devait être différent de tout ce que les chiens avaient jamais connu, il devait laisser une piste différente, devait avoir une autre odeur. Mais la différence (si différence il y avait) n'avait pas l'air de les effrayer, et semblait même donner plus de frénésie à leur chasse. Peut-être, après tout, n'était-il pas aussi différent qu'il le pensait des créatures de cette planète.

Il continua un peu moins vite, se décidant pour un galop régulier, et il maintint son avance. Mais il se fatiguait beaucoup trop vite. Avant longtemps, il serait obligé de faire appel à ses dernières forces pour garder son avance, et la fin serait proche.

Bien entendu, il pouvait faire appel à Convertisseur pour prendre la relève. Peut-être les chiens interrompraient-ils leur poursuite s'ils ne relevaient plus que la piste d'un homme, ou, même s'ils continuaient, peut-être n'attaqueraient-ils pas un humain. Mais il ne pouvait s'y décider. Il devait jouer son rôle jusqu'au bout, se dit-il. Il se heurta en lui à un orgueil obstiné qui refusait de faire appel à Convertisseur pour prendre la relève.

Il atteignit le sommet. La vallée s'étendait à ses pieds, et dans la vallée, il vit une maison aux fenêtres éclairées. Un plan commença à se former dans son esprit.

Pas Convertisseur, mais Penseur, et le tour serait joué.

— Penseur, tu peux tirer de l'énergie d'une maison ?
— Bien sûr, je l'ai déjà fait une fois.
— De l'extérieur de la maison ?
— Oui, si j'en suis assez près.
— C'est bon. Quand je serai...

— Ne te fatigue pas, dit Penseur. Je sais ce que tu as en tête.

Chercheur descendit la colline au trot, tandis que les chiens se rapprochaient, et accéléra en direction de la maison dès qu'il arriva dans la vallée. Sentant la curée proche, les chiens avaient cessé d'aboyer, et faisaient appel à leurs dernières forces, à leur dernier souffle pour rattraper leur proie.

Chercheur jeta un regard derrière lui et les vit groupés serrés, ombres terribles et pantelantes dans le clair de lune, et à travers l'espace qui les séparait, il perçut une sorte de gémissement, de hululement excité d'animaux qui ont soif de sang.

Puis, soudain, les aboiements éclatèrent comme une fanfare, et cet appel sanglant résonna à travers le ciel et se répercuta dans les collines.

La maison était proche, maintenant, et soudain, comme les aboiements éclataient dans la nuit, toute la maison s'illumina, et d'un mât dressé près d'elle s'échappèrent des flots aveuglants de lumière. La clameur des chiens avait probablement intrigué les habitants.

Une petite barrière précédait le bâtiment. Chercheur la sauta et atterrit en plein milieu de l'aire lumineuse. D'un dernier bond, il atteignit la maison et se blottit tout contre elle.

— A toi ! hurla-t-il à Penseur. A toi !

CHAPITRE XXVI

Il faisait froid, un froid mordant, mortel, qui vous anéantissait corps et âme.

Le satellite de la planète était suspendu au-dessus d'une végétation broussailleuse, et le terrain était stérile et sec. Et les créatures écumantes auxquelles on donnait le nom de « chiens » sautaient par-dessus la construction que les humains appelaient une « barrière ».

Mais tout près, il y avait une source d'énergie, et Penseur s'en saisit, — poussé par le besoin, le désespoir, et même la panique. Il s'en saisit, et il prit tout, plus qu'il n'avait besoin, beaucoup plus qu'il n'avait besoin. Toute la maison sombra dans l'obscurité, et, sur le mât extérieur, la lumière aveuglante vacilla puis s'éteignit.

Il n'avait plus froid, son corps prit la forme pyramidale, et se mit à rayonner. Les faits étaient là, comme autrefois, plus précis, plus concis que jamais, bien classés et étiquetés en attendant qu'on les utilise. Dans son esprit, le processus logique fonctionnait, précis et brillant. Il n'y avait que trop longtemps qu'il ne s'en était pas servi.

— Penseur ! hurla Chercheur. C'est pas le moment !
Les chiens ! Les chiens ! Les chiens !

Il avait raison, bien sûr. Il connaissait les chiens, et
le plan de Chercheur. Et le plan marchait.

Les chiens déviaient de leur trajectoire, enfonçant
désespérément leurs griffes dans le sol pour freiner leur
élan, jappant et gémissant en proie à une terreur abjecte
en présence de cette apparition qui avait remplacé le
loup qu'ils pourchassaient.

Il y avait trop d'énergie, réalisa Penseur, pris de peur.
Beaucoup trop, — plus qu'il n'en pouvait utiliser.

Il s'en débarrassa.

Il lança des décharges électriques.

Des éclairs zigzaguèrent de toutes parts, et la vallée
en fut un moment illuminée. La peinture de la maison
noircit et se boursoufla.

Les chiens, ressautant la barrière, s'enfuirent en hurlant sous les éclairs. Ils détalaient, la queue entre les
pattes, l'échine brûlée et fumante.

CHAPITRE XXVII

Blake se dit qu'il avait connu Willow Grove dans le passé. Ce qui était impossible, évidemment. Peut-être l'endroit ressemblait-il beaucoup à un autre qu'il connaissait par ses lectures, ou dont il avait vu des photos. Car il n'y était jamais venu.

Et pourtant, comme il restait immobile au coin de la rue dans la lumière du matin, de vieux souvenirs remontaient du fond de sa mémoire, quelque chose dans son esprit reconnaissait ce qu'il voyait, — le perron bancal de la banque, et les grands ormes qui croissaient autour du petit parc, à l'autre bout de la rue. Il savait qu'il y aurait une statue dans le parc, debout au milieu d'une fontaine le plus souvent à sec, et un vieux canon sur son affût massif, souillé par les pigeons.

Et il ne se contentait pas de reconnaître. Il notait les différences. Un magasin de sport et une bijouterie remplaçaient l'ancienne graineterie, on avait refait la façade de la boutique du coiffeur, qui abritait toujours un coiffeur, et la rue, la ville entière avaient acquis une patine antique qu'elles n'avaient pas la dernière fois qu'il les avait vues.

La dernière fois qu'il l'avait vue !

Etait-il possible, se demanda-t-il, qu'il ait déjà vu cette ville ?

Comment pouvait-il l'avoir déjà vue, et l'avoir oubliée jusqu'à cet instant. Car il aurait dû disposer de tout ce qu'il avait jamais connu. Théoriquement du moins. Là-bas à l'hôpital, tout lui était revenu en un instant, — tout ce qu'il avait été, tout ce qu'il avait fait. Et s'il en était ainsi, pourquoi et comment les souvenirs de Willow Grove étaient-ils restés enfouis dans le néant de son esprit ?

C'était une vieille ville, presque une ville antique, sans maisons volantes perchées sur leurs blocs de fondations, sans groupes d'immenses gratte-ciel sur ses confins. D'honnêtes et solides maisons de bois, de brique et de pierre avaient été construites pour rester là où elles étaient, sans qu'aucune possibilité de déplacement ne soit incluse dans leurs fonctions. Pourtant, certaines d'entre elles possédaient des centrales d'énergie solaire, curieusement installées sur les toits, et, aux abords de la ville, il avait vu une grande centrale solaire, destinée à alimenter les maisons qui n'avaient pas d'installation individuelle.

Il rajusta son sac, et rabattit son capuchon sur son visage. Il traversa la rue, et flâna sur le trottoir, et à chaque pas, de petits détails faisaient surgir des souvenirs oubliés. Les noms aussi bien que les lieux. Jake Woods était autrefois le banquier de la ville, et sans aucun doute, Jake Woods ne pouvait plus être en vie. Car, même s'il avait vraiment déjà vu cette ville, c'était deux cents ans plus tôt. Et Charley Brenn. Il s'était sauvé de l'école avec lui, ils étaient allés pêcher dans la crique, et ils avaient attrapé des chevesnes.

C'est incroyable, se dit-il, c'est impossible. Et pourtant les souvenirs continuaient à lui revenir, non des souvenirs vagues et fantomatiques, mais des images, des visages et des incidents précis du passé, et tous étaient tridimensionnels. Il se souvenait que Jake Woods était perclus et marchait avec une canne, et il revoyait la canne, une canne lourde et luisante, au bois poli par les ans. Charley avait des taches de rousseur et un large sourire contagieux, et il se souvenait que Charley l'entraînait toujours à faire des bêtises. Et il y avait Minnie Shirt, une vieille en haillons, à demi idiote, qui avait une façon inquiétante de trotter en traînant les pieds, et qui travaillait de façon épisodique à la scierie. Mais la scierie avait disparu, et, à sa place, se dressait l'agence d'un concessionnaire de flotteurs, rutilant de toutes ses vitres et de tous ses chromes.

Il se laissa tomber sur un banc. En face de lui, de l'autre côté de la rue, il y avait un restaurant. Il y avait peu de monde dans la rue, mais tous les gens qui passaient le regardaient.

Il se sentait bien. Même après la dure course nocturne de Chercheur, il se sentait frais et dispos. C'était peut-être, pensa-t-il, grâce à l'énergie que Penseur avait volée, énergie transférée de Penseur à Chercheur, et de Chercheur à lui.

Il se débarrassa de son havresac, et le posa à côté de lui sur le banc. Il rabattit son capuchon en arrière.

Les boutiques commençaient à ouvrir. Une voiture solitaire passa en vrombissant doucement.

Il lut les enseignes, mais aucune ne lui était familière. Les noms des magasins et de leurs propriétaires avaient tous changé.

Au premier au-dessus de la banque, les fenêtres s'ornaient de grandes lettres dorées annonçant le nom des occupants, — dentistes, docteurs, avocats. Alvin Bank, Docteur en Médecine ; H. H. Oliver, Dentiste ; Ryan Wilson, Avocat ; J. D. Leach, Optométriste ; W. M. Smith...

Pas si vite ! Marche arrière ! Ryan Wilson, mais oui !

Ryan Wilson, c'était le nom mentionné sur le message.

Là, de l'autre côté de la rue, il y avait le bureau de l'homme qui lui avait fait savoir qu'il avait des choses importantes à lui communiquer.

La pendule, au-dessus de la porte de la banque, marquait presque neuf heures ; Wilson était peut-être dans son bureau, ou il ne tarderait pas à y arriver. Si le bureau était encore fermé, il l'attendrait.

Blake se leva et traversa la rue. La porte qui s'ouvrait sur l'escalier menant au premier au-dessus de la banque était branlante et grinça quand il la poussa. L'escalier était sombre et raide, et la peinture brune des murs était craquelée et écaillée par places.

Le bureau de Wilson était au bout du couloir, et la porte était ouverte.

Blake entra dans l'antichambre, qui était vide. Dans la pièce suivante, un homme en bras de chemise travaillait sur un dossier, tandis que d'autres l'attendaient dans une corbeille placée à côté de lui sur le bureau.

L'homme leva les yeux.

— Entrez, dit-il.

— Vous êtes Ryan Wilson ?

L'homme hocha la tête.

— Ma secrétaire n'est pas encore arrivée. Que puis-je faire pour vous ?

— Vous m'avez envoyé un message. Je m'appelle Andrew Blake.

Wilson se renversa dans son fauteuil et le regarda.

— Ça alors, finit-il par dire. Je n'espérais plus vous voir. Je vous croyais disparu pour de bon.

Perplexe, Blake secoua la tête.

— Avez-vous lu les journaux de ce matin ? demanda Wilson.

— Non, dit Blake.

Un journal plié était sur le coin du bureau. Wilson le prit, le déplia et le montra à Blake.

Un gros titre hurlait :

L'HOMME DES ETOILES EST-IL UN LOUP-GAROU ?

Le sous-titre ajoutait :

LA CHASSE CONTINUE POUR RETROUVER BLAKE.

Blake vit qu'il y avait sa photo sous le titre.

Il sentit son visage se figer, et s'efforça de conserver cette façade impersonnelle, inexpressive.

Dans son esprit, il sentait Chercheur s'agiter frénétiquement.

— Non ! Non ! hurla-t-il à Chercheur. Laisse-moi faire.

Chercheur se calma.

— Très intéressant, dit Blake à Wilson. Je vous remercie de m'avoir mis au courant. Est-ce qu'ils ont pensé à offrir une récompense ?

Wilson referma le journal d'un coup sec, et le reposa où il l'avait pris.

— Tout ce que vous avez à faire, c'est de décrocher votre téléphone, dit Blake. Le numéro de l'hôpital...

Wilson l'interrompit d'un geste.

— Ça ne me regarde pas, dit-il. Ce que vous êtes ne m'intéresse pas.

— Même si je suis un loup-garou ?

— Même si vous l'êtes, dit Wilson. Si vous voulez, vous pouvez vous lever et partir, et je me remettrai au travail. Mais si vous décidez de rester, il y a deux questions que je suis censé vous poser, et auxquelles vous devez répondre, si vous pouvez.

— Des questions ?

— Oui. Deux petites questions.

Blake hésitait.

— J'agis au nom d'un client, lui dit Wilson. Au nom d'un client qui est mort il y a cent cinquante ans. Cette affaire a été transmise de génération en génération à l'intérieur de notre famille. C'est mon arrière-grand-père qui avait pris la responsabilité de transmettre la requête de son client.

Blake secoua la tête, pour s'éclaircir les idées. Il y avait là quelque chose de terriblement inquiétant. Il l'avait senti au moment même où il avait vu la ville.

— C'est bon, dit-il. Allez-y, et posez vos questions.

Wilson ouvrit un tiroir et en sortit deux enveloppes. Il en mit une de côté, et ouvrit l'autre. Il en tira une feuille de papier qui craqua quand il la déplia.

Penché sur la feuille, l'avocat la déchiffrait avec attention.

— Allons-y, Mr Blake, dit-il. Première question : Quel était le nom de votre première institutrice ?

— Euh... elle s'appelait... dit Blake, elle s'appelait...

Il cherchait vainement la réponse. Puis, tout d'un coup, elle lui revint.

— Elle s'appelait Jones, dit-il, Miss Jones. Ada Jones, je crois. Il y a si longtemps.

Mais il lui sembla soudain que ça ne faisait pas si longtemps. Au moment même où il disait que tout cela était loin, il la revoyait devant lui. Vieille fille guindée aux cheveux frisottés et à la bouche sévère. Et elle portait un corsage pourpre. Comment pouvait-il avoir oublié ce corsage pourpre ?

— O. K., dit Wilson. Charley Brenn et vous, qu'avez-vous fait aux pastèques du diacre Watson ?

— Eh bien, dit Blake, nous... mais comment le savez-vous ?

— Aucune importance, dit Wilson. Continuez et répondez.

— Eh bien, dit Blake, nous lui avons joué un sale

tour. Nous l'avons regretté après. Et nous n'en avons jamais parlé à personne. Charley avait volé une seringue hypodermique à son père, — je suppose que son père était médecin, non ?

— Je ne sais pas, dit Wilson. Je ne sais rien.

— Enfin, nous avons pris la seringue et du pétrole, et nous avons fait une injection à toutes les pastèques. A travers l'écorce. Pas beaucoup, vous savez. Juste assez pour que les pastèques aient un drôle de goût.

Wilson posa le papier et prit l'autre enveloppe.

— Vous avez réussi le test, dit-il. Voilà pour vous.

Il tendit l'enveloppe à Blake.

Blake la prit, et vit qu'elle portait une inscription, de l'écriture tremblante d'un vieillard. L'encre avait pâli jusqu'à être presque invisible.

L'inscription disait :

A l'Homme Qui A Mon Esprit

Et, au-dessous, une signature :

Théodore Roberts

La main de Blake se mit à trembler violemment. Sans lâcher l'enveloppe, il laissa son bras retomber, et il se raidit pour arrêter le tremblement.

Car maintenant il savait, — de nouveau il savait. Tout était là, toutes les choses qu'il avait oubliées, tous les gens et tous les visages.

— C'est moi, dit-il en se forçant pour parler. C'est moi, Teddy Roberts. Je ne suis pas Andrew Blake.

CHAPITRE XXVIII

Il arriva devant la porte principale dont les grandes grilles de fer étaient fermées. Il entra par une petite porte et trouva le petit sentier de gravier qui serpentait paresseusement au flanc de la colline. Là-bas, au-dessous de lui, s'étendait la ville de Willow Grove, et ici gisait toute sa vie, tous ceux qu'il avait connus, sous des pierres renversées, rongées par la mousse, entourées de vieilles grilles et de pins, tous ces vieillards qui avaient été jeunes en même temps que lui.

— Suivez le sentier sur votre gauche, avait dit Wilson. Vous trouverez la concession de votre famille sur votre droite, vers le milieu de la colline. Mais, vous savez, Théodore n'est pas vraiment mort. Il survit à la Banque de l'Intelligence, et il survit en vous aussi. Là-bas, il n'y a que son corps. Je ne comprends pas.

— Je ne comprends pas non plus, avait dit Blake. Mais je sens qu'il faut que j'y aille.

Et il était parti, et il avait monté la route raide et abandonnée qui montait au cimetière. Et tandis qu'il montait, il pensait que, de toute la ville, c'était le cimetière qui lui semblait le plus familier. Derrière les grilles, les pins paraissaient plus grands et plus gros que dans son souvenir, et, même au grand jour, ils paraissaient plus sombres qu'autrefois. Mais le vent qui gémissait à travers leurs branches, chantait un hymne issu tout droit de son enfance.

La lettre était signée Théodore. Mais ce n'était pas Théodore, c'était plutôt Teddy, qu'il aurait dû écrire. Le petit Teddy Roberts, et plus tard encore, Teddy Roberts, jeune physicien sorti du California Institute of Technology et du Massachusetts Institute of Technology, et devant lequel l'univers entier était étalé ses rouages qui demandaient à être expliqués. Théodore était venu plus tard, le Dr Théodore Roberts, vieillard grave, à la démarche lente, à la voix pondérée et aux cheveux tout blancs. Et c'était cet homme-là qu'il n'avait jamais connu, se dit Blake, et qu'il ne connaîtrait jamais. Car son esprit, l'esprit qu'on avait imprimé dans son cerveau synthétique à l'intérieur de son corps synthétique, c'était l'esprit de Teddy Roberts.

Maintenant, s'il voulait parler avec Teddy Roberts, il n'avait qu'à décrocher le téléphone, appeler la Banque de l'Intelligence et décliner son identité. Et alors, après une courte attente, peut-être, il entendrait une voix, et, derrière la voix, il y aurait l'esprit de Théodore Roberts. Mais pas la voix véritable de l'homme, car la voix était morte avec lui, ni l'esprit de Teddy Roberts, mais l'esprit plus vieux, plus sage et plus stable qui était issu de l'esprit de Teddy Roberts. Ça ne servirait à rien, pensa-t-il ; il parlerait à un étranger. Mais était-ce bien sûr ? Car c'était bien Théodore, et non Teddy, qui lui avait écrit une lettre ; qui, du fond de sa vieillesse, d'une main faible et tremblante, lui avait adressé son message et son salut.

L'esprit était-il l'homme ? Ou bien l'esprit était-il une entité complètement indépendante du corps ? Et quelle part d'humanité représentait-il lui-même, quand, simple notion abstraite, il résidait dans le corps de Chercheur, — et quelle part encore plus réduite quand il résidait dans le corps de Penseur ? Car Penseur était une créature absolument étrangère aux concepts humains, un moteur biologique convertisseur d'énergie, pourvu de sens qui ne correspondaient pas aux sens humains, et chez qui un complexe logique-instinct-sagesse tenait lieu d'esprit.

Passé la porte, il s'arrêta à l'ombre des pins. Les conifères embaumaient, le vent gémissait dans les branches, et, au loin, sur la colline, un homme travaillait parmi les blocs de granit moussu, et le soleil brillait sur ses outils tandis qu'il peinait dans la douce lumière du matin.

La chapelle se dressait près de la porte. Ses vieux murs de pierre blanche rayonnaient doucement dans l'ombre verte des pins, et son fin clocher s'élançait vers le ciel, cherchant à rivaliser de hauteur avec les arbres, mais sans y parvenir.

Blake dépassa la chapelle à pas lents, et s'engagea sur le sentier. Le gravier crissait sous ses pas. A droite, vers le milieu de la colline, avait dit Wilson. Et là, il trouverait la pierre tombale qui proclamait à la face du monde que le corps de Théodore Roberts était enterré en ce lieu.

Blake hésita.

Avait-il vraiment envie d'y aller ?

Avait-il vraiment envie de voir l'endroit où reposait son corps, — non, pas même son corps, mais le corps de l'homme dont il portait l'esprit.

Et puisque cet esprit vivait encore, puisque deux esprits vivaient encore, quelle importance avait le corps ? Ce n'était qu'une enveloppe, sa mort ne devait causer aucun regret, et sa dernière demeure n'avait aucun intérêt.

Lentement, il fit demi-tour, et se dirigea vers la sortie. Devant la chapelle, il s'arrêta, et, à travers la grille, il contempla la ville qui s'étendait à ses pieds.

Il sentait qu'il n'était pas prêt à retourner en ville tout de suite, si même il y retournait jamais. Car quand il y rentrerait, il devrait avoir décidé ce qu'il ferait. Et il ne savait pas quoi faire. Il n'avait aucune idée de ce qu'il convenait de faire.

Il se retourna et alla s'asseoir sur les marches de la chapelle.

Que devait-il faire ? se demanda-t-il. Que pouvait-il bien faire ?

Puisqu'il savait enfin qui il était, il n'avait plus besoin de continuer à fuir. Il connaissait maintenant ses origines, mais elles n'avaient aucun sens pour lui.

Il tira la lettre de la poche de sa robe. Il la déplia et posa ses coudes sur ses genoux pour la relire :

« Cher Monsieur,

« C'est, je suppose, une façon à la fois étrange et maladroite de m'adresser à vous. J'en ai essayé d'autres, mais elles sonnaient toutes faux. De sorte que j'en reviens à la plus courante de toutes, qui, pour être trop cérémonieuse, n'en est pas moins courtoise.

« A l'heure qu'il est, vous savez qui je suis et qui vous êtes, ainsi, je n'ai pas besoin de vous expliquer la nature de notre parenté, qui est unique au monde, et peut-être un peu embarrassante pour vous et moi.

« J'ai vécu dans l'espoir que vous reviendriez un jour, et que nous pourrions tous deux, devant un verre, passer ensemble d'agréables moments à comparer nos expériences. Maintenant, j'ai peur que vous ne reveniez pas, car vous êtes parti depuis très longtemps ; j'ai peur qu'il vous soit arrivé quelque chose qui vous empêche de revenir. Mais même si vous reveniez, il faudrait que ce soit très bientôt pour que je puisse vous rencontrer, car ma fin est proche.

« Ma fin est proche, dis-je, et pourtant, ce n'est pas absolument vrai. La fin de mon corps physique, sans doute. Mais mon esprit continuera d'exister à la Banque de l'Intelligence, un esprit parmi beaucoup d'autres, capable de continuer à fonctionner en tant qu'unité indépendante, ou encore, associé à d'autres esprits désincarnés, en tant que conseil consultatif.

« Ce n'est pas sans hésitation que j'ai accepté cette distinction. Je comprends, évidemment, l'honneur qui m'est fait, mais même après avoir accepté, je ne suis pas convaincu de la sagesse de cette décision, aussi bien envers l'humanité qu'envers moi-même. Je ne suis pas certain que la vie véritable soit possible à un esprit dépourvu de son corps, et j'ai peur, d'autre part, que l'humanité en arrive à devenir trop dépendante des connaissances et de la sagesse accumulées dans les Banques de l'Intelligence. Si nous conservons la situation telle qu'elle est aujourd'hui, c'est-à-dire, si nous restons un simple conseil consultatif à qui l'on demande des conseils et des suggestions sur certaines questions, alors, oui, la Banque peut avoir son utilité. Mais si les hommes en viennent jamais à s'en reposer complètement sur la sagesse du passé, s'ils s'inclinent devant elle, la glorifient et la défient, et s'ils ignorent et méconnaissent la sagesse de leur présent, alors nous serons gênants et nuisibles.

« Je ne sais pas exactement pourquoi je vous écris ainsi. Peut-être parce que vous êtes le seul à qui je puisse parler de la sorte, puisque vous êtes, en quelque sorte, moi-même.

« Il est étrange qu'en l'espace d'une vie, le même homme ait été appelé deux fois à prendre une décision de cette nature. Car lorsqu'on m'a sélectionné pour imprimer mon esprit dans votre cerveau, j'ai éprouvé les mêmes réserves que j'éprouve encore aujourd'hui. Je trouvais qu'à bien des égards, mon esprit n'était peut-être pas le genre d'esprit qui puisse vous servir le mieux. J'avais des préjugés et des penchants qui vous desserviraient peut-être. Cette pensée me tourmente depuis des années, et je me demande souvent si mon esprit vous a bien ou mal servi.

« C'est quand nous considérons des questions comme celle-là que nous nous rendons compte du chemin parcouru par la brute qu'était l'homme à l'origine... Je me suis souvent demandé si nous ne sommes pas allés trop loin, et si, poussée par la vanité, l'intelligence humaine n'a pas empiété sur des terrains interdits. Mais ces pensées ne me sont venues que récemment. Elles représentent les doutes accumulés d'un homme qui vieillit, aussi vaut-il mieux n'en pas tenir compte.

« Cette lettre doit vous sembler décousue, et sans propos bien défini. Pourtant, si vous voulez bien patienter encore un peu, j'essaierai maintenant d'en venir aussi rapidement que possible à l'idée qui m'occupe.

« Au cours des ans, j'ai souvent pensé à vous, me demandant comment vous alliez, si vous étiez encore en vie, et, si oui, quand vous reviendriez. Je pense que vous réalisez maintenant, que certains, et même beaucoup, des hommes qui vous ont fabriqué, n'ont jamais pensé à vous autrement que comme à un problème de biochimie. J'espère qu'après tant d'années, la franchise brutale de mon jugement ne vous choquera pas. Je pense que vous êtes le genre d'homme capable de prendre conscience de cette vérité, et de l'accepter.

« Mais moi, je n'ai jamais pensé à vous autrement que comme à un autre humain, et même comme à un homme très proche de moi. Comme vous le savez, j'étais fils unique. Je n'avais ni frère ni sœur. Je me suis souvent demandé si je pensais à vous comme au frère que je n'avais jamais eu. Mais, au cours de ces dernières années, je crois que j'ai découvert ce que vous êtes pour moi. Vous n'êtes pas un frère. Vous m'êtes plus proche qu'un frère. Vous êtes un second moi-même, mon égal en tout, mon inférieur en rien.

« Et si je vous écris cette lettre, c'est dans l'espoir que, si vous revenez jamais, et même si mon corps est déjà mort, vous aurez le désir de me contacter. Je suis très curieux de ce que vous avez fait et de ce que vous pouvez penser. Il me semble que de par vos voyages et vos expériences, vous devez avoir développé des théories très intéressantes et très enrichissantes.

« Que vous me contactiez ou non, je le laisse à votre propre appréciation. Je ne suis pas absolument sûr que nous devions nous parler, quoique je le désire beaucoup. Je m'en remets à vous, confiant que vous saurez ce qu'il convient de faire.

« Pour le moment, la question qui me préoccupe est de savoir s'il est bon que l'esprit d'un homme se perpétue indéfiniment. Il me semble que, si l'esprit constitue la part la plus noble de l'homme, l'homme n'est pourtant pas qu'un esprit. L'homme n'est pas seulement sagesse, mémoire et capacité d'absorber des faits et d'émettre des jugements. Un homme peut-il s'orienter dans ce pays abstrait qui doit exister quand seul l'esprit survit ? Peut-être reste-t-il un homme, mais la question de son humanité continue à se poser. Devient-il plus ou moins qu'humain ?

« Si vous pensez qu'il convient que nous nous parlions, peut-être pourrez-vous me dire ce que vous pensez de tous ces problèmes.

« Mais si vous pensez qu'il vaut mieux que nous restions étrangers l'un à l'autre, soyez assuré que, si je l'apprenais d'une façon ou d'une autre, je vous comprendrais. Et, si cela se produit, je vous prie de croire que mes vœux et mon affection vous accompagneront toujours.

Bien à vous,
Théodore Roberts. »

Blake replia la lettre et la remit dans sa poche.

Il était toujours Andrew Blake, pensa-t-il, et non Théodore Roberts. Teddy Roberts, peut-être, mais jamais Théodore Roberts.

Et s'il s'asseyait devant un téléphone et qu'il appelle la Banque de l'Intelligence, qu'aurait-il à dire à Théodore Roberts quand il viendrait en ligne ? Que pourrait-il dire ? Car il n'avait rien à offrir. Il n'y aurait que deux hommes désemparés, tous deux attendant de l'autre une aide qu'aucun d'eux n'était en pouvoir de donner.

Il pourrait dire : Je suis un loup-garou, — c'est le nom que me donnent les journaux. Je ne suis qu'en partie humain, je ne suis qu'un tiers d'homme. Le reste, c'est quelque chose d'autre, quelque chose dont vous n'avez jamais entendu parler, quelque chose que vous ne pourriez pas croire, même si vous en aviez entendu parler. Je ne suis plus un humain, et il n'y a pas de place pour moi ici, ni nulle part sur la terre. Je suis en dehors de tout. Je suis un phénomène et un monstre, et je ne peux que nuire à ceux que j'approche.

Et c'était vrai. Il nuirait à tous ceux qu'il approcherait. A Elaine Horton qui l'avait embrassé, — une femme qu'il aurait pu aimer, qu'il aimait déjà, peut-être. Mais il ne pouvait l'aimer qu'avec la part d'humanité qui était en lui, qu'avec un tiers de lui-même. Et il nuirait à son père, ce merveilleux vieillard, à l'attitude et aux principes si rigides. Et il nuirait aussi à ce jeune docteur Daniels, qui avait été son premier, et, pour un temps, son seul ami.

Il leur nuirait à tous, — il leur nuirait, à moins que...

C'était toute la question : à moins que.

Il chercha cette alternative dans son esprit, et ne trouva pas.

Il se leva, se tourna vers la grille, puis se retourna et entra dans la chapelle, en marchant lentement dans le bas-côté.

L'endroit était sombre et silencieux. Sur le lutrin, un candélabre électrique n'arrivait pas à faire reculer les ténèbres, comme la braise d'un feu de camp rougeoyant dans l'immensité sombre et désolée de la plaine.

C'était un endroit où l'on pouvait penser, faire des plans, et faire retraite. Un endroit où il pourrait mettre de l'ordre dans ses idées, évaluer la situation, et décider de ce qu'il devait faire.

Il arriva au fond du bâtiment, et il quitta le bas-côté pour s'asseoir. Mais il ne s'assit pas. Il resta debout, soutenu par la pénombre silencieuse, et le bruissement du vent dans les branches, dehors, accentuait plutôt qu'il ne rompait ce silence.

C'est ici qu'il devait prendre une décision, il le savait. Il était arrivé à un carrefour du temps et de l'espace d'où nulle retraite n'était possible. Avant, il avait fui, et il avait une raison de fuir, mais maintenant, la fuite pure et simple n'avait plus aucune vertu. Car il n'y avait plus d'endroit où fuir, — ce lieu représentait le point ultime de sa course, et s'il devait recommencer à fuir, il fallait d'abord savoir pourquoi.

Ici, dans cette petite ville, il avait découvert qui il était et ce qu'il était. Cette ville était un cul-de-sac. La planète entière était un cul-de-sac, et il n'y avait pas de place pour lui sur la terre, pas de place pour lui dans l'humanité.

Car, bien qu'appartenant à la terre, il n'avait pas le droit de se réclamer de l'humanité. Il était un hybride, — de l'esprit terriblement inventif de l'homme, était sorti quelque chose qui n'avait jamais existé auparavant.

Il était une équipe, une équipe composée de trois êtres différents. Cette équipe avait l'occasion et la capacité de travailler sur le problème de l'énigme universelle, et peut-être de la résoudre, mais ce problème ne concernait pas spécialement la terre, ou les formes de vie qui y résidaient. Ici, il ne pouvait rien faire, et on ne pouvait rien faire pour lui.

Peut-être sur une autre planète, une planète nue et désolée où rien, ni culture ni distractions, n'interférerait avec ses recherches, peut-être là pourrait-il remplir sa fonction, lui, l'équipe, et non lui, l'humain. Lui, tous les trois ensemble.

Par-delà le temps et l'espace, il se souvenait de l'instant où ils avaient compris en un éclair qu'il était à leur portée de résoudre l'énigme de l'univers. Ou, sinon de la résoudre, du moins de s'en approcher plus qu'aucune intelligence humaine ne l'avait jamais fait.

Il pensa de nouveau au pouvoir que possédaient ces trois esprits liés ensemble par l'ingéniosité inconsciente et innocente des esprits des hommes. Et non seulement au pouvoir, mais à la beauté fantastique et terrible de ces trois esprits. Et il se sentit défaillir à l'idée que peut-être, cet instrument qu'on avait forgé outrageait maintenant les buts qu'il pouvait atteindre dans l'univers.

Avec le temps, les trois esprits ne feraient peut-être plus qu'un, et si cela devait arriver, la question de son humanité ne se poserait plus, car elle n'existerait plus. Alors, les liens qui le retenaient à une planète appelée la Terre, et à une race de bipèdes qui résidaient sur la terre, ces liens seraient tranchés, et il serait libre. Alors, il pourrait être tranquille, et oublier. Et quand il aurait oublié, quand il ne serait plus humain, peut-être pourrait-il considérer les pouvoirs et les capacités de cet esprit commun comme allant de soi. Car l'esprit de l'homme, quoique très ingénieux, était aussi très limité, il le savait. Le merveilleux l'étonnait, et il rechignait devant le concept complet de l'univers. Mais, tout limité qu'il était, cet esprit était chaud et confortable.

Il avait dépassé l'humanité qui lui avait été impartie, et cette croissance le faisait souffrir. Elle le laissait faible et vide, sans confort ni chaleur.

Il s'assit par terre, s'entourant le corps de ses bras. Cet étroit espace qu'il occupait en ce moment, assis par terre, même cela ne lui appartenait pas, pensa-t-il, et il n'appartenait pas à cet espace. Pour lui, rien. Il n'était rien de plus qu'un néant, engendré par accident.

Il n'avait pas été créé pour être. Il n'était qu'un intrus. Intrus, peut-être seulement sur cette planète, mais la part d'humanité qui persistait en lui, lui rendait cette planète importante, — le seul lieu de l'univers qui lui importait vraiment.

Avec le temps, il se débarrasserait peut-être de son humanité comme d'une coquille, mais cela prendrait des millénaires. Et c'est le présent qui lui importait. C'était maintenant et la terre, non l'éternité et l'univers.

Il eut un sentiment de compassion qui cherchait à le réconforter, et il savait vaguement d'où il venait. Mais même au milieu de son amertume, il savait que c'était un piège, et se révolta contre lui.

Il se débattit faiblement, mais ils essayaient toujours de l'atteindre, et il entendait les mots et les pensées qu'ils échangeaient, bien qu'il ne les comprît pas.

Ils l'atteignirent enfin, le saisirent et l'enfermèrent avec eux, et l'enveloppèrent de leur chaleur rassurante.

Il sombra dans le repos de l'oubli, et le nœud douloureux de son agonie sembla se fondre en un monde où rien n'existait qu'eux trois, — juste lui et les deux autres, liés ensemble pour l'éternité.

CHAPITRE XXIX

Un vent froid et mordant de décembre hululait à travers le pays, arrachant les dernières feuilles jaunes et desséchées du grand orme qui se dressait à mi-pente. Au sommet de la colline, où s'étendait le cimetière, les pins géants gémissaient dans la froidure de l'année finissante. Des nuages échevelés filaient dans le ciel, et l'odeur du vent charriait des présages de neige. Deux petites silhouettes en uniforme montaient la garde près des grilles et le pâle soleil d'hiver qui perçait par moments à travers les nuages, faisait briller leurs boutons de cuivre et les canons de leurs fusils. Près de l'entrée, un petit groupe de touristes recroquevillés de froid regardaient les murs blancs de la chapelle à travers les grilles.

— Il n'y a pas grand monde, aujourd'hui, dit Ryan Wilson à Elaine Horton. Quand il fait beau, c'est autre chose, surtout pendant le week-end.

Il resserra le col de sa robe grise autour de son cou.

— Ne croyez pas que je m'en réjouisse, dit-il. C'est Théodore Roberts qui est là. Peu importe la forme sous laquelle il se montre, c'est toujours Théodore Roberts.

— Le Dr Roberts était une notabilité à Willow Grove, je suppose, dit Elaine.

— Sans aucun doute, dit Wilson. C'est notre seul grand homme. La ville est fière de lui.

— Et vous ressentez une sorte de rancœur devant cette situation.

— Rancœur n'est peut-être pas le mot. Tant qu'il subsiste un certain decorum, nous ne pouvons pas nous formaliser. Mais il y a des jours où les foules prennent un air de carnaval, et nous n'aimons pas cela.

— J'aurais peut-être mieux fait de ne pas venir, dit Elaine. J'y ai beaucoup pensé. Mais plus j'y pensais, plus je sentais que c'était mon devoir de venir.

— Vous étiez son amie, dit Wilson avec gravité. Vous, vous avez le droit de venir. Il ne devait pas avoir tellement d'amis.

Le petit groupe transi s'était éloigné des grilles, et commençait à descendre la colline.

— Par un jour comme celui-ci, il n'y a pas grand-chose à voir, et ils ne restent pas longtemps. Il n'y a que la chapelle. Par beau temps, évidemment, les portes sont ouvertes, et on peut jeter un coup d'œil à l'intérieur. Mais même dans ce cas, il n'y a pas grand-chose à voir. Au commencement, ce n'était qu'une tache noire, une tache de néant, et il n'était même pas toujours possible de l'apercevoir. Mais maintenant, quand les portes sont ouvertes, on a l'impression de quelque chose qui luit doucement dans l'obscurité. Au début, ça ne luisait pas. On ne voyait rien. C'était comme de regarder un trou suspendu au-dessus du sol. Rien ne passait. Une sorte d'écran de protection, je suppose. Mais peu à peu cet écran, ou ces défenses, si vous préférez, sont tombés, et ça a commencé à luire.

— Est-ce qu'ils me laisseront entrer ? demanda Elaine.

— Je crois, dit Wilson. Je vais parler au Capitaine. L'Administration Spatiale exerce une surveillance très stricte, et on ne peut pas le lui reprocher. C'est eux qui sont les seuls responsables de ce qui se passe ici. C'est eux qui ont tout commencé, il y a deux cents ans. Ce qui se passe ici ne serait jamais arrivé s'il n'y avait pas eu de Projet Loup-Garou.

Elaine frissonna.

— Je vous demande pardon, dit Wilson. Je n'aurais pas dû dire ça.

— Pourquoi ? demanda-t-elle. C'est peut-être pénible, mais c'est le nom dont tout le monde se sert.

— Je vous ai dit qu'il était venu me voir à mon bureau, dit Wilson. C'était un homme très sympathique.

— C'était un homme traqué, dit Elaine, traqué par le monde entier. Si seulement il m'avait dit...

— Il ne savait peut-être pas encore...

— Il savait qu'il était en danger. Le sénateur et moi, nous l'aurions aidé. Le Dr Daniels l'aurait aidé.

— Il ne voulait pas vous compromettre. C'est le genre de situation à laquelle on évite de mêler ses amis. Et il tenait à conserver votre amitié. Il avait peur de perdre votre amitié s'il vous disait la vérité, et il avait probablement raison.

— Je comprends qu'il ait réagi ainsi, dit Elaine. Et moi, je n'ai même pas essayé de le faire parler. Je le regrette. Mais je ne voulais pas le blesser. Je pensais qu'on devait lui laisser l'occasion de découvrir la vérité par lui-même.

Arrivés au bas de la colline, les touristes passèrent près d'eux, et se dirigèrent vers la route.

CHAPITRE XXX

La pyramide se dressait à gauche, juste devant la première rangée de chaises. Elle luisait sourdement, pulsait faiblement, et semblait enveloppée, à l'extérieur, d'un rideau de lumière.

— N'approchez pas trop près, dit le Capitaine. Vous pourriez l'effrayer.

Elaine ne répondit pas. Elle fixait la pyramide, et se sentait la gorge serrée par l'horreur et l'émerveillement qu'elle lui inspirait.

— Vous pouvez aller deux ou trois rangées plus près, dit le Capitaine. Mais c'est peut-être dangereux d'approcher davantage. Nous ne savons pas.

Elle fit un violent effort pour parler.

— Vous dites que ça pourrait l'effrayer ?

— Je ne sais pas, dit le Capitaine. Mais il se comporte comme s'il avait peur de nous. Ou comme s'il se méfiait de nous. Il voulait peut-être, tout simplement, nous tenir à l'écart .Mais ça a changé depuis quelque temps. Avant, ça n'était pas comme ça. C'était noir, un morceau de vide, comme s'il n'y avait rien. Comme un monde à part, toutes défenses en alerte.

— Et maintenant, il sait que nous ne lui ferons pas de mal ?

— Qui, il ?

— Andrew Blake, dit-elle.

— M. Wilson dit que vous le connaissiez, mademoiselle ?

— Je l'avais vu trois fois, dit-elle.

— Vous me demandiez s'il sait que nous ne lui ferons pas de mal, dit le Capitaine. Peut-être. C'est ce que pensent certains savants. Il y en a beaucoup qui l'ont étudié. Mais ils n'arrivent pas à grand-chose. Ils n'ont que peu de données.

— Et ils sont sûrs ? demanda-t-elle. Sûrs que c'est Andrew Blake ?

— Regardez sous la pyramide, lui dit le Capitaine. A la base, sur la droite.

— La robe ! cria-t-elle. Celle que je lui avais donnée !

— Oui, celle qu'il portait en arrivant. Elle est là-dessous. Il n'y a qu'un coin qui dépasse.

Elle fit un pas en avant, et s'arrêta.

C'est stupide, pensa-t-elle. Si c'est lui, il sait. Il sait que c'est moi, et il n'aura pas peur. Il sait que je ne lui ferai pas de mal, puisque je l'aime.

La pyramide pulsait doucement.

Mais peut-être ne sait-il pas, se dit-elle. Il s'est peut-être complètement isolé du monde, et il a eu raison.

Elle se demanda quel effet ça devait faire de savoir qu'on avait l'esprit d'un autre homme, — un esprit emprunté, puisqu'il était impossible d'en avoir un qui vous soit propre, l'ingéniosité humaine ayant été incapable de fabriquer un esprit. L'ingéniosité suffit pour fabriquer des os, de la chair, un cerveau, mais elle ne suffit pas pour fabriquer un esprit. Et ce devait être encore plus terrible de penser qu'on fait en même temps partie de deux autres esprits, — d'au moins deux autres esprits.

— Capitaine ?
— Oui, mademoiselle Horton.
— Est-ce que les savants savent combien d'esprits il y a dans cette créature ? Est-il possible qu'il y en ait plus de trois ?
— Ils n'ont pas l'air de savoir, dit-il. D'après ce qu'on sait, il ne semble pas y avoir de limite.

Pas de limite, pensa-t-elle. Il pouvait contenir une infinité d'esprits, et toutes les pensées contenues dans l'univers.

Je suis là, dit-elle mentalement à la créature qui avait été Andrew Blake. Je suis là. Ne le sentez-vous pas ? Si vous avez jamais besoin de moi, si vous reprenez jamais la forme d'un homme...

Mais pourquoi reprendrait-il la forme d'un homme ? Peut-être avait-il pris la forme qu'elle voyait pour ne plus avoir besoin d'être un homme, pour ne plus avoir à regarder en face une humanité à laquelle il n'appartenait pas.

Elle fit demi-tour, et avança en hésitant vers la sortie, mais elle se retourna encore une fois.

La pyramide luisait doucement, et elle semblait si paisible, si solide, mais si lointaine, que sa gorge se serra et que des larmes lui vinrent aux yeux.

Je ne pleurerai pas, se dit-elle farouchement. Je ne pleurerai pas. Pleurer sur qui ? Sur Andrew Blake ? Sur moi-même ? Sur la race insensée des hommes ?

Il n'est pas mort, pensa-t-elle. Mais c'est peut-être pire. S'il avait été un homme, et s'il était mort, elle aurait pu partir. Elle aurait pu lui dire au revoir.

Une fois, il lui avait demandé son aide. Mais maintenant, elle ne pouvait plus l'aider, personne ne pouvait plus l'aider. Peut-être, pensa-t-elle, était-il au-delà de toute humanité.

Elle se retourna.

— Je m'en vais, dit-elle. Voulez-vous m'accompagner, Capitaine ?

Il lui prit le bras et l'accompagna jusqu'à la sortie.

CHAPITRE XXXI

Tout était là. Les grandes tours noires ancrées dans la croûte granitique de la planète s'élevaient vers le ciel. La clairière verte et ombreuse, pleine de fleurs et d'animaux cabriolants, était immobile dans le temps. Les structures blanches et roses s'élançaient en courbes et en spirales aériennes au-dessus de la mer mouchetée d'écume. Et dans l'aridité du grand plateau, les dômes moutarde des intelligences ermites s'étendaient à perte de vue.

Ces images, et beaucoup d'autres, — et pas seulement les images arrachées aux étoiles de glace qui ponctuaient de cristaux les cieux d'une planète de sable et de neige, — et aussi les idées, les pensées et les concepts attachés à ces images, comme la terre s'attache aux racines.

La plupart des pensées et des concepts étaient isolés et sans rapports entre eux, mais ils pouvaient tous servir de tremplins pour la fabrication d'un vaste puzzle logique.

La tâche était énorme, et parfois incompréhensible, mais, un par un, les faits finissaient par trouver leur place dans le vaste fichier. Une fois identifiés, ils étaient effacés de sa conscience, mais restaient bien étiquetés et prêts à servir quand besoin serait.

Il travaillait avec satisfaction et bonheur, — et cela l'ennuyait. La satisfaction était bonne et permise, mais pas le bonheur. C'était quelque chose qui lui avait toujours été inconnu, et qu'il n'aurait pas dû ressentir ; c'était quelque chose d'étranger à sa nature, et c'était une émotion. Pour travailler avec la plus grande efficacité, il ne devait pas connaître l'émotion. Il était irrité de ce sentiment de bonheur, et chercha à s'en débarrasser.

C'est la contagion, se dit-il. La contagion de Convertisseur, et peut-être aussi de Chercheur, qui, en mettant les choses au mieux, était une créature très instable. Il devait être en garde contre cette situation, car le bonheur, c'était déjà déplorable, mais il y avait d'autres émotions illogiques éprouvées par les deux autres qui pouvaient être pires.

Il se débarrassa du bonheur, éleva contre lui des défenses, et continua son travail, et continua à réduire, dans la mesure du possible, les idées, pensées et concepts en formules, axiomes et symboles, en ayant soin de ne rien laisser perdre de leur substance, car il en aurait besoin plus tard. Certains faits promettaient plus qu'ils ne tenaient, et il devait les mettre de côté pour les considérer à loisir ou même obtenir un supplément d'information. Le processus de développement logique était exact, en théorie, mais, extrapolé trop loin, il laissait la possibilité d'une marge d'erreur, et il fallait le compléter d'autres faits, pour préciser la direction des recherches. Il y avait beaucoup de problèmes épineux ; en fait rien n'était facile. Le processus nécessitait une discipline très stricte et une introspection constante, pour s'assurer que la personnalité de l'opérateur n'entrait pas en ligne de compte. Et c'est pourquoi, pensa-t-il, le bonheur était si nuisible.

Le matériau de cette tour noire, par exemple. Si mince qu'il semblait impossible qu'il puisse rester dressé dans les airs, encore moins avoir aucune résistance. Pourtant, il ne pouvait y avoir aucun doute sur sa minceur ; l'information lui parvenait, claire et précise. Mais, à certaines indications, il pensait que les neutrons jouaient un rôle, des neutrons si compacts qu'ils prenaient les caractéristiques d'un métal, tous maintenus indissolublement liés par une force pour laquelle il n'existait pas de définition. A certains signes, il croyait reconnaître que cette force était le temps, mais le temps était-il une force ? Un temps disloqué, peut-être. Un temps cherchant à prendre sa place dans le passé ou l'avenir, s'efforçant éternellement vers un but rendu impossible à atteindre par un mécanisme fantastique qui dérythmait le temps ?

Et les pêcheurs de l'espace, qui lançaient leurs filets sur des années-lumière cubiques et vides, et ramenaient l'énergie crachée dans l'espace par tous les soleils en délire. Et ramenaient aussi les épaves incroyables de choses inconnues qui avaient autrefois voyagé ou vécu dans l'espace, — rebuts de vastes étendues d'espace abandonné. Aucune indication sur les pêcheurs ou sur les filets qu'ils utilisaient, ou sur la façon dont ces filets piégeaient l'énergie. Seulement la pensée que les pêcheurs pêchaient. C'était peut-être une fantaisie forgée par un esprit communautaire peu évolué, ou une religion, une foi ou un mythe, — ou bien était-ce vraiment des pêcheurs qui pêchaient ?

Il y avait tous ces problèmes et bien d'autres encore. Et une impression très faible, si faible qu'il l'enregistrait à peine, peut-être parce qu'elle venait d'une étoile si lointaine que même la lumière était fatiguée. C'était au sujet d'un esprit universel. C'est tout. Un esprit universel dont, peut-être, venaient toutes les pensées. Un esprit qui, peut-être, comprenait en lui-même toute la pensée. Ou un esprit qui avait créé l'ordre et la loi qui faisait tourner l'électron autour du noyau, et ordonnait aux galaxies de se mouvoir en cadence.

Et il y avait bien d'autres choses encore, mais tout était très fragmentaire, et très déconcertant. Et ce n'était qu'un début. Ce n'était que la moisson d'un court moment sur une seule planète. Mais tout était important, chaque parcelle d'information, toutes les impressions, si faibles soient-elles. A un endroit ou à un autre, tout avait sa place ; d'une façon ou d'une autre, tout trouverait sa place dans ce plan formé par l'ordre et la loi, la cause et l'effet, l'action et la réaction, et qui composait l'univers.

Il n'avait besoin que de temps. Et avec davantage de faits et de logique, tout deviendrait un. Et le temps ne devait pas être pris en considération. Il y avait l'éternité.

Penseur, ramassé sur le sol, pulsait doucement, et le mécanisme logique qu'était son cerveau se dirigeait infailliblement vers la découverte de la vérité universelle.

CHAPITRE XXXII

Convertisseur se débattait.

Il fallait qu'il sorte. Il fallait qu'il s'échappe. Il ne pouvait pas rester dans cette obscurité tranquille, dans cette sécurité confortable, et dans la fraternité qui l'entourait et l'engloutissait.

Il n'avait pas envie de se débattre. Il aurait préféré rester exactement ce qu'il était, rester la chose qu'il était. Mais quelque chose le forçait à se débattre, — non quelque chose venu de l'intérieur de lui-même, mais quelque chose de l'extérieur, une créature, un être ou une situation qui avait fait appel à lui, lui avait dit que cela ne pouvait pas durer, et que, quel que soit son désir de rester ce qu'il était, il ne le devait pas. Quelque chose était resté inachevé, et cela ne pouvait pas rester inachevé, et il était le seul capable d'accomplir la tâche, quelle qu'elle soit.

— Du calme, du calme, dit Chercheur. Tu es mieux où tu es. Trop de douleur et d'amertume t'attendent dehors.

Dehors, s'étonna-t-il ? Il se souvenait vaguement. Un

visage de femme, les grands pins près des grilles, — monde différent, tel qu'on pourrait le voir à travers une muraille d'eau mouvante, lointain et irréel. Mais il savait qu'il existait.

— Vous m'avez enfermé, hurla-t-il. Laissez-moi partir.

Mais Penseur ne prêta aucune attention à lui. Penseur continua à penser, à concentrer toutes ses énergies sur les fragments d'informations et de faits, — les grandes tours noires, les dômes moutarde, l'impression de quelque chose ou de quelqu'un aboyant des ordres à l'univers.

Sa force et sa volonté s'affaiblirent, et il sombra dans les ténèbres tranquilles.

— Penseur, dit-il.

— Non, dit Chercheur. Penseur est en plein travail.

Il resta là, à rager silencieusement contre les deux autres, à rager mentalement. Mais rager ne l'avança à rien.

Je ne les traitais pas comme ça, se dit-il. Quand c'était moi qui étais dans le corps, je les écoutais toujours. Je ne les réduisais pas au silence.

Il restait là, au repos, et la pensée lui traversa l'esprit qu'il valait mieux rester dans ce confort et cette tranquillité. Le reste, quel qu'il soit, n'avait pas d'importance. La Terre n'avait pas d'importance.

Et alors, il se souvint. La Terre !

La Terre et l'humanité. Et toutes deux avaient de l'importance. Peut-être pas pour Chercheur et Penseur, — bien que ce qui avait de l'importance pour l'un d'eux, dût en avoir pour tous les trois.

Il se débattait faiblement, mais il n'avait pas la force, ou peut-être, pas la volonté.

Alors, il retomba et attendit, rassemblant ses forces et sa patience.

Ils l'aimaient, se dit-il. Ils l'avaient saisi et enveloppé dans une heure d'angoisse, et maintenant ils le gardaient en eux pour qu'il guérisse, et ils ne le laisseraient pas partir.

Il essaya d'évoquer en lui son angoisse passée, en l'espoir que cette angoisse lui donnerait la force et la volonté de combattre. Mais il n'y parvint pas. L'angoisse était comme effacée. Il en pressentait vaguement les contours, mais n'arrivait plus à la saisir.

Alors il se blottit dans les ténèbres et laissa le calme tomber sur lui, mais il savait qu'il ferait d'autres tentatives pour se libérer, qu'il se débattrait, faiblement peut-être, avec l'espoir de ne pas réussir, mais sachant qu'il devait recommencer sans relâche, parce qu'il y avait une raison contraignante de le faire, bien qu'il ne la comprît pas complètement.

Il reposait dans le calme, et se dit que c'était comme dans un cauchemar, dans lequel on monte une montagne, sans jamais pouvoir atteindre le sommet, ou dans lequel on reste accroché aux flancs d'un précipice, jusqu'à ce que les doigts glissent et lâchent prise, et qu'on tombe, terrorisé à l'idée de s'écraser sur le fond, mais sans jamais l'atteindre.

Le temps et la vanité de tout s'étiraient devant lui, mais le temps lui-même était vain, car il savait ce que savait Penseur, — que le temps ne comptait pas.

Il essaya d'envisager sa situation dans une perspective correcte, mais elle refusa de se plier à tout plan préétabli qui aurait permis de la comprendre par comparaison. Le temps était comme un voile, et la réalité, un brouillard ; mais un visage émergea du brouillard et glissa vers lui, — un visage qui, d'abord, ne lui rappela rien. Il réalisa finalement que c'était le visage de quelqu'un qu'il connaissait, un visage qui, à demi estompé dans les ténèbres, était imprimé à jamais dans son esprit.

Les lèvres remuèrent, et il n'entendait pas les mots qu'elles prononçaient, mais les mots aussi, leur souvenir était gravé dans sa mémoire.

Quand vous le pourrez, disaient-ils, *donnez-moi de vos nouvelles.*

C'est cela, pensa-t-il. Il devait lui donner de ses nouvelles. Elle voulait savoir ce qui lui était arrivé.

Il surgit brusquement hors des ténèbres et du calme, et il y eut comme un rugissement autour de lui, — le rugissement de protestation outragée des deux autres.

Les grandes tours noires tourbillonnaient autour de lui dans l'obscurité, il sentait leur mouvement, mais il ne voyait pas. Et soudain, il vit.

Il était dans la chapelle, et l'endroit était sombre, éclairé seulement par la pâle lueur du candélabre, et au-dehors, il entendait gémir les pins.

Quelqu'un cria, et il vit un soldat courir dans le bas-côté vers l'entrée, tandis qu'un autre, ahuri, levait son fusil vers lui.

— Capitaine ! Capitaine ! braillait le coureur.

L'autre soldat fit un pas en avant.

— Pas de bêtise, dit Blake. Je ne vais nulle part.

Quelque chose était entortillé autour de ses chevilles, et il vit que c'était sa robe. Il s'en dégagea, la ramassa, et la jeta sur ses épaules.

Un homme avec des galons sur l'épaule se hâtait le long du bas-côté. Il s'arrêta devant Blake.

— Je suis le Capitaine Saunders, monsieur, dit-il, de l'Administration Spatiale. Nous vous avons gardé.

— Gardé ? dit Blake. Ou observé ?

Le capitaine esquissa un sourire.

— Un peu les deux, peut-être, dit-il. Permettez-moi de vous féliciter d'être redevenu un homme.

Blake serra sa robe autour de ses épaules.

— Vous avez tort, dit-il. A l'heure qu'il est, vous devriez savoir que vous avez tort. Vous savez que je ne suis pas humain, — pas entièrement humain.

Peut-être n'était-il humain que par la forme sous laquelle il apparaissait en ce moment. Mais il devait y avoir quelque chose de plus, car on l'avait conçu en tant qu'humain, on l'avait fabriqué en tant qu'humain. Certaines choses avaient changé, bien sûr, mais pas au point de le rendre non humain. Juste assez non humain pour qu'il soit inacceptable. Juste assez non humain pour être considéré comme un monstre par l'humanité tout entière.

— Nous attendions, dit le capitaine. Nous espérions...
— Combien de temps ? demanda Blake. Ça a duré combien de temps ?
— Près d'un an, dit le capitaine.

Un an ! pensa Blake. Ça ne lui avait pas paru si long. Il lui avait semblé que ça n'avait duré que quelques heures. Combien de temps, se demanda-t-il, avait-il été retenu dans les profondeurs bienfaisantes de l'esprit communautaire, avant d'acquérir la certitude qu'il devait se libérer ? Ou bien l'avait-il su depuis le début, et avait-il lutté depuis le moment où Penseur l'avait supplanté ? Il réalisait que c'était difficile de le savoir. Dans l'esprit dissocié, le temps devait perdre toute signification, devenir complètement inutile pour mesurer la durée.

Mais au moins assez longtemps pour qu'il guérisse en partie, car maintenant, la terreur et l'agonie lancinante avaient disparu, maintenant il pouvait envisager en face le fait qu'il n'était pas humain, et l'accepter suffisamment pour réclamer une place sur la Terre.

— Et maintenant ? demanda-t-il.
— D'après mes ordres, dit le capitaine, je dois vous conduire à l'Administration Spatiale à Washington, dès qu'il n'y aura aucun danger à le faire.
— Il n'y a pas de danger, dit Blake. Je ne vous causerai aucun ennui.
— Je ne parlais pas de vous, dit le capitaine. Je parlais de la foule, dehors.
— Quelle foule ?
— Cette fois, c'est une foule d'adorateurs. Il y a des cultes, qui croient que vous êtes un messie envoyé sur

terre pour délivrer l'homme du mal. Et il y a aussi d'autres groupes qui vous dénoncent comme un monstre. Pardonnez-moi, je ne devrais pas vous dire ça.

— Et ces groupes, dit Blake, les deux tendances, vous ont causé des ennuis ?

— Certains jours, dit le capitaine. Et pas mal d'ennuis. C'est pourquoi il faut sortir d'ici sans être vus.

— Je crois qu'il vaudrait mieux sortir devant tout le monde, et mettre fin à toute cette histoire.

— Malheureusement, dit le capitaine, la situation n'est pas aussi simple. J'aime mieux être franc avec vous. A part quelques-uns d'entre nous, personne ne saura que vous êtes parti. Le garde continuera à monter...

— Vous voulez que les gens continuent à croire que je suis toujours là ?

— Oui. C'est plus simple comme ça.

— Mais un jour...

Le capitaine secoua la tête.

— Non. Pas avant longtemps, très longtemps. On ne vous verra pas. Un vaisseau vous attend. Vous pourrez partir, — si vous êtes d'accord, bien entendu.

— Vous voulez vous débarrasser de moi ?

— Peut-être, dit le capitaine. Mais par la même occasion, vous vous débarrasserez de nous.

CHAPITRE XXXIII

La Terre voulait se débarrasser de lui, peut-être par peur, peut-être par dégoût de ce qu'il était, le produit repoussant de ses ambitions et de son imagination qu'il fallait faire disparaître rapidement. Car il n'y avait pas de place pour lui sur la Terre et dans l'humanité, et pourtant il était un produit humain, et c'est grâce aux cerveaux subtils et à l'intelligence madrée des savants humains qu'il existait.

Il s'était posé ce problème, et il y pensait en entrant dans la chapelle, et maintenant, debout près de la fenêtre de sa chambre, et regardant distraitement les rues de Washington, il savait qu'il avait eu raison, qu'il avait exactement prévu les réactions de l'humanité.

Bien qu'il n'y eût pas de moyens de savoir combien de personnes au monde, et combien dans l'Administration Spatiale partageaient cette réaction. Pour l'Administration Spatiale, il représentait une erreur de jeunesse, un plan qui avait mal tourné, et plus vite on se débarrasserait de lui, mieux ça vaudrait.

Il se souvenait de la foule rassemblée sur la colline

hors du cimetière, — une foule qui s'était rassemblée pour rendre hommage à ce qu'ils croyaient qu'il était. Des cinglés, sans doute, des adorateurs, aussi, de la race de ceux qui adoptent n'importe quelle calembredaine susceptible de donner de l'intérêt à leurs vies vides de sens, mais c'étaient quand même des êtres, des humains, c'était quand même l'humanité.

Il regardait les rues de Washington inondées de soleil, les voitures qui montaient et descendaient les avenues, les promeneurs qui flânaient paresseusement sous les arbres. La Terre, pensa-t-il, la Terre et ses habitants, des gens qui avaient leur travail, leur famille et leur maison, avec leurs corvées et leurs distractions, leurs soucis et leurs petits triomphes, et leurs amis. Mais des gens qui faisaient partie d'un tout. Et même s'il arrivait à s'y intégrer, même si, grâce à des circonstances pratiquement inimaginables, il devenait acceptable pour l'humanité, devrait-il accepter cette intégration ? Car il n'était pas seulement lui-même. Il n'y avait pas que lui qui comptait, mais aussi les deux autres, et ils possédaient en commun avec lui cette masse de matière qui formait son corps.

Il se débattait au milieu d'émotions contradictoires, et cela les laissait froids ; et pourtant, là-bas, dans la chapelle, ils étaient venus à son secours. Le fait qu'ils étaient incapables d'éprouver de telles émotions était à côté de la question, — et même, à y réfléchir, il se demandait si Chercheur n'était pas capable d'émotions aussi violentes que les siennes.

Mais devenir un proscrit, être éjecté hors de la Terre, et parcourir l'univers comme un paria, lui semblait au-dessus de ses forces.

Le vaisseau l'attendait, presque prêt à s'envoler, et c'était à lui de décider, — partir ou rester. Mais l'Administration Spatiale lui avait fait comprendre qu'elle préférait de beaucoup qu'il s'en aille.

En vérité, il n'avait rien à gagner à rester, sinon

conserver le faible espoir de redevenir un jour humain.

Mais s'il le pouvait, — s'il en avait seulement la possibilité, — est-ce qu'il voudrait le redevenir ?

Son cerveau ne lui donna pas de réponse, et il continua à regarder rêveusement par la fenêtre, ne voyant qu'à moitié ce qui se passait dans la rue.

Un coup frappé à la porte le rappela à lui.

La porte s'ouvrit, et il vit le garde debout dans le couloir.

Puis il vit un homme venir vers lui, et, sur le moment, à demi aveuglé par la réverbération du soleil dans la rue, Blake ne le reconnut pas. Puis il se souvint.

— Sénateur, dit-il en allant à sa rencontre, c'est très aimable à vous de vous déranger. Je ne pensais pas que vous viendriez.

— Pourquoi ? demanda le sénateur. Dans votre message, vous disiez que vous aimeriez me parler.

— Je ne savais pas si vous auriez envie de me voir, lui dit Blake. Après tout, j'ai probablement contribué au résultat du référendum.

— Peut-être, dit Horton. Peut-être y avez-vous contribué. Stone vous a présenté comme un exemple horrible de la façon la plus cynique. Mais, je dois le reconnaître, il s'est servi de vous avec une grande efficacité.

— J'en suis désolé, dit Blake. C'est là ce que j'avais à vous dire. Je serais bien venu vous voir, mais, pour le moment, j'ai l'impression d'être gardé à vue.

— Eh bien, dit Horton, j'espère que vous n'avez pas que ça à me dire. Le référendum et ses conséquences, sont, vous vous en doutez, des sujets de conversation assez pénibles pour moi. J'ai envoyé ma démission hier. Franchement, ça me prendra un certain temps avant de m'habituer à n'être plus sénateur.

— Asseyez-vous donc, Sénateur, dit Blake. Tenez, prenez ce fauteuil. Et je vais bien nous trouver du whisky.

— C'est une bonne idée, dit le sénateur, et j'y applaudis des deux mains. L'après-midi est assez avancé pour que je puisse commencer à boire. Vous vous souvenez, le soir où vous êtes venu à la maison, nous avions du whisky. Si j'ai bonne mémoire, c'était une très bonne bouteille.

Il s'assit dans le fauteuil et regarda autour de lui.

— Je dois reconnaître qu'ils vous traitent bien, déclara-t-il. Vous avez des quartiers d'officier, ni plus ni moins.

— Oui, et un garde à la porte, dit Blake.

— Ils ont un peu peur de vous, c'est probable.

— Oui, c'est probable. Mais il n'y a aucune raison d'avoir peur.

Blake ouvrit un petit placard, et en sortit une bouteille et deux verres. Il retraversa la pièce et s'assit sur un canapé en face de Horton.

— On dit que vous êtes sur le point de nous quitter, dit le sénateur. Le vaisseau est presque prêt, paraît-il.

Blake hocha la tête en remplissant les verres. Il en tendit un au sénateur.

— Je me pose pas mal de questions à propos de ce vaisseau, dit-il. Pas d'équipage. Je serai seul. Tout est entièrement automatique. Réaliser un tel tour de force en un an...

— Ce n'est pas en un an, protesta le sénateur. Est-ce que personne n'a pris la peine de vous parler du vaisseau ?

Blake secoua la tête.

— Ils m'ont donné des instructions. C'est le mot : des instructions. On m'a dit quels leviers il fallait tourner et quels boutons pousser pour me transporter où je voudrais aller. On m'a dit comment marchent les machines productrices d'aliments. Et ce qui concerne l'entretien du vaisseau. Mais c'est tout. J'ai posé des questions, bien sûr, mais personne ne semblait en connaître les réponses. Leur seule préoccupation, c'est de me catapulter le plus vite possible hors de l'orbite terrestre.

— Je vois, dit le sénateur, les vieilles habitudes militaires. De mauvaises habitudes dont ils n'arrivent pas à se débarrasser. Des histoires de services et des trucs de ce genre. Et bien entendu, leurs histoires ridicules de services secrets.

Il fit tourner son whisky dans son verre, puis leva les yeux sur Blake.

— Mais n'ayez aucune crainte, si c'est ce qui vous tourmente. Ce n'est pas un piège. Le vaisseau accomplira tout ce qu'on vous dit qu'il fera.

— Je suis très heureux de le savoir, Sénateur.

— Ce vaisseau n'a pas été construit, dit le sénateur. On pourrait dire qu'il a grandi. Il est à l'étude depuis quarante ans, ou plus. On n'a jamais arrêté de faire, défaire et refaire les plans. On l'a construit puis démonté pour incorporer une amélioration ou lui donner de nouvelles lignes, et on l'a testé de toutes les façons. Comme vous voyez, c'était une tentative pour construire le vaisseau parfait. On y a englouti des millions de journées de travail et des milliards de dollars. Mais on s'arrêtait toujours à environ un an de la fin, parce que les raffinements qu'on y incorporait n'étaient à la longue plus rien d'autre que ça, des raffinements. C'est un vaisseau qui peut marcher éternellement, et un homme peut y vivre éternellement. C'est le seul instrument dont une personne équipée comme vous l'êtes puisse se servir pour accomplir la mission qui lui a toujours été destinée.

Blake fronça les sourcils.

— Une question, Sénateur. Pourquoi toute cette peine ?

— Peine ? Je ne vous comprends pas.

— Eh bien, revenons à ce que vous disiez. Cette étrange créature dont nous parlons — et dont je ne suis qu'un tiers, — peut sillonner tout l'univers dans ce vaisseau pour y accomplir sa mission. Mais à quoi ça vous servira ? A quoi est-ce que cela servira à la race humaine ? Vous croyez peut-être qu'un beau jour, nous retraverserons des centaines d'années-lumière pour venir vous communiquer ce que nous aurons appris ?

— Je ne sais pas, dit le sénateur. C'est peut-être ce que nous espérons. Et c'est peut-être ce que vous ferez. Il y a peut-être assez d'humanité en vous pour que vous ayez envie de revenir.

— J'en doute, Sénateur.

— Ça n'a d'ailleurs aucun sens d'en parler, dit le sénateur. Car même si vous le vouliez, vous ne le pourriez peut-être pas. Nous avons parfaitement conscience du temps qu'il vous faudra pour mener à bien votre tâche, et l'humanité n'est pas assez stupide, — ou, si vous voulez, je pense que nous ne sommes pas assez stupides — pour croire que nous existerons éternellement. D'ici que vous trouviez votre réponse, si vous la trouvez jamais, la race humaine aura peut-être disparu.

— Nous trouverons la réponse. Si nous partons, nous la trouverons.

— Autre chose, dit le sénateur. Vous est-il jamais venu à l'idée que l'humanité était capable de vous envoyer dans l'espace, de vous donner la possibilité de rechercher votre réponse, même en sachant qu'elle n'en profiterait jamais ? Mais sachant qu'il se trouverait sans doute dans l'univers une intelligence à laquelle vos informations et vos réponses seraient profitables ?

— Je n'y avais pas pensé, dit Blake. Mais je suis assez sceptique.

— Vous nous en voulez, hein ?

— Je n'en suis pas sûr, dit Blake. Je ne suis pas sûr de ce que je ressens. Je suis un homme qui est revenu et à qui on ne permet pas de rester. Un homme qu'on met dehors presque au moment où il arrive.

— Bien entendu, vous n'êtes pas obligé de partir. Je

croyais que vous le vouliez. Mais si vous voulez rester...

— Rester pour quoi faire ? cria Blake. Pour être enfermé dans une jolie cage, entouré de toutes les attentions de l'administration ? Pour qu'on me dévisage et qu'on me montre du doigt ? Pour que des cinglés s'agenouillent devant ma cage comme ils s'agenouillaient et priaient sur la colline de Willow Grove ?

— Je suppose que ça n'aurait pas de sens, dit Horton. De rester, je veux dire. Dans l'espace, vous aurez au moins une mission à accomplir...

— Ça, c'est encore autre chose. Comment se fait-il que vous sachiez tant de choses sur moi ? Comment les avez-vous découvertes ? Comment êtes-vous arrivés à savoir exactement quelles sont mes possibilités ?

— Question de déduction, basée sur des observations et des recherches intensives. Mais nous n'aurions pas abouti sans l'aide des Brownies.

Alors, c'était ça, pensa Blake. Encore les Brownies !

— Ils s'intéressaient à vous, dit Horton. Ils semblent s'intéresser à tout ce qui vit. Aux souris, aux insectes, aux porcs-épics, — même aux humains. On pourrait dire que ce sont des psychologues. Quoique ce ne soit pas tout à fait exact. Leurs capacités dépassent de loin la psychologie.

— Ce n'est pas à moi qu'ils s'intéressaient, bien entendu, dit Blake. Pas à Andrew Blake.

— Non. En tant qu'Andrew Blake, vous n'étiez qu'un humain comme les autres. Mais ils avaient senti que vous étiez trois, — bien avant que nous le soupçonnions, quoique nous eussions découvert la vérité tôt ou tard. Ils ont passé beaucoup de temps en compagnie de Penseur. Ils s'asseyaient et ils le regardaient, — mais je soupçonne qu'ils faisaient bien autre chose que simplement regarder.

— Ainsi, à vous deux, les humains et les Brownies, vous avez appris l'essentiel.

— Pas tout, dit Horton, mais assez pour connaître vos

capacités et ce que vous pourriez en faire. Nous avons réalisé que ces capacités ne devaient pas être gâchées. Il fallait que vous ayez une chance de les utiliser. Et nous avons également prévu que vous ne pourriez pas les utiliser pleinement ici, sur la Terre. C'est alors que l'Administration Spatiale a décidé de vous donner le vaisseau.

— Ainsi, tout se résume à ça. J'ai une mission à accomplir. Que je le veuille ou non, il y a une mission à accomplir.

Horton dit, avec un peu de raideur.

— C'est à vous de décider.

— Je ne l'ai pas demandée, cette mission.

— Non, acquiesça Horton. Non, vous ne l'avez pas demandée. Mais vous devez trouver quelque satisfaction dans sa grandeur.

Ils gardèrent un moment le silence, tous deux embarrassés de la tournure que la conversation avait prise. Horton finit son whisky et posa son verre. Blake tendit la main vers la bouteille. Horton secoua la tête.

— Non, merci. Je dois partir bientôt. Mais avant de vous quitter, je voudrais vous poser une question. Qu'est-ce que vous pensez trouver dans l'espace ? Qu'est-ce que vous savez déjà ?

— Quant à ce que nous trouverons, dit Blake, je n'en ai pas la moindre idée. Et ce que nous savons... beaucoup de choses, qui, additionnées, sont égales à zéro.

— Pas une indication ? Pas une idée du résultat ? Pas la moindre hypothèse en formation ?

— Nous avons une indication. Assez faible, mais nous l'avons. Un esprit universel.

— Vous voulez dire, un esprit qui gouverne l'univers, qui pousse tous les boutons ?

— Peut-être, dit Blake. Peut-être quelque chose comme ça.

Horton en perdit le souffle.

— Oh, mon Dieu ! dit-il.

— Oui, oh, mon Dieu ! répliqua Blake au bord de la moquerie.

Horton se leva avec raideur.

— Il faut que je m'en aille, dit-il. Merci pour le whisky.

— Sénateur, dit Blake, j'ai envoyé un message à Elaine, et elle n'a pas répondu. J'ai essayé de téléphoner.

— Oui, dit Horton, je le sais.

— Il faut que je la voie. Avant que je parte. Il faut absolument que je lui dise certaines choses.

— M. Blake, dit Horton, ma fille ne désire ni vous voir ni vous parler.

Blake se leva lentement et le regarda dans les yeux.

— Mais pourquoi ? Vous ne voulez pas me dire pourquoi ?

— Il me semble, dit Horton, que la raison est évidente, même pour vous.

CHAPITRE XXXIV

L'ombre commençait à envahir la chambre, et Blake était toujours assis à la même place, immobile, tournant et retournant dans son cerveau en feu la réponse claire et précise du sénateur.

Elle ne désirait ni le voir ni lui parler, — et c'était pourtant le souvenir de son visage qui l'avait fait surgir des profondeurs obscures et calmes où il reposait. Si ce que disait le sénateur était vrai, alors, sa nostalgie et ses efforts n'avaient servi à rien. Il aurait mieux fait de rester où il était jusqu'à ce que Penseur ait fini ses calculs et ses cogitations, de rester en repos et de guérir.

Mais le sénateur avait-il dit la vérité ? En voulait-il à Blake pour le rôle qu'il avait joué dans sa défaite concernant le projet biotechnique ? Etait-ce sa façon de lui rendre, du moins en partie, la déception qu'il avait éprouvée ?

Ce n'était pas vraisemblable, se dit Blake, car le sénateur connaissait assez la politique pour savoir que, dans les meilleures conditions possibles, l'histoire de la biotechnique était un pari très risqué. Et il y avait quelque chose d'étrange dans leur entrevue. Au début, Horton était affable, et il avait laissé le référendum de côté, puis, soudain, il était devenu brusque et froid. Un peu comme s'il avait joué un rôle soigneusement répété à l'avance. Mais cela ne tenait pas debout.

— Tu te comportes très bien, dit Penseur. Pas de gémissements, pas d'arrachage de cheveux, pas de grincements de dents.

— Ferme-la ! dit Chercheur. Fiche-lui la paix.

— Mais je pensais lui faire un compliment, dit Penseur, et lui soutenir le moral. Il considère la question d'un point de vue élevé et purement cérébral, sans effusions émotionnelles. C'est la seule façon de résoudre un problème de ce genre.

Penseur soupira mentalement.

— Quoique je doive reconnaître, ajouta-t-il, qu'il est au-dessus de mes capacités de débrouiller ce problème.

— Ne fais pas attention à lui, dit Chercheur à Blake. Je suis d'accord d'avance avec la décision que tu prendras. Si tu veux rester un peu sur cette planète, ça ne me dérange pas du tout. On pourra s'arranger.

— Certainement, dit Penseur. Ça ne soulève aucune difficulté. Qu'est-ce qu'une vie humaine, après tout ? Et tu n'aurais pas l'intention de séjourner ici plus d'une vie humaine, n'est-ce pas ?

— Monsieur, dois-je allumer la lumière ? demanda la Chambre.

— Non, dit Blake. Pas maintenant.

— Mais il commence à faire sombre, Monsieur.

— L'obscurité ne me gêne pas, dit Blake.

— Désirez-vous dîner ?

— Pas tout de suite, merci.

— La Cuisine préparera tout ce que vous voudrez.

— Dans un petit moment, dit Blake. Pour l'instant, je n'ai pas faim.

Ils disaient qu'il était libre de rester, s'il décidait d'essayer de devenir humain. Mais à quoi cela pouvait-il servir ?

— Tu devrais essayer, dit Chercheur. La femelle humaine changerait peut-être d'avis.

— Ça m'étonnerait, dit Blake.

Et ça, c'était bien le pire, qu'il puisse admettre qu'elle ne change pas d'avis, et qu'elle ne veuille rien avoir à faire avec une créature de son espèce.

Mais, bien qu'Elaine dominât dans son esprit, il n'y avait pas qu'elle. Il y avait le fait de couper les derniers liens qui le rattachaient à ces gens, qui étaient de sa parenté, il y avait le désir d'une famille que la part d'humanité qui était en lui réclamait à grands cris, il y avait l'obligation de renoncer à sa patrie avant d'avoir eu le temps de s'y intégrer. C'était ça, se dit-il, — la parenté, la famille, la patrie étaient d'autant plus chères à son cœur qu'il lui était à jamais interdit de les posséder.

Une cloche tinta doucement.

— Le téléphone sonne, dit la Chambre.

Il se déplaça sur le canapé pour arriver au téléphone. Il tendit la main, et tourna une manette. L'écran se mit à clignoter, mais aucune image n'apparut.

— Cet appel, dit la voix de la standardiste, ne peut donner lieu à une transmission visuelle. Vous avez le droit de le refuser.

— Non, dit Blake, allez-y. Ça m'est égal.

Une voix, concise et froide, monocorde et sans expression, dit :

— C'est l'esprit de Théodore Roberts à l'appareil. Etes-vous Andrew Blake ?

— Oui, dit Blake. Comment allez-vous, Dr Roberts ?

— Très bien. Il ne peut d'ailleurs en être autrement.

— Excusez-moi, je n'ai pas fait attention. Ça m'a échappé.

— Vous ne m'avez pas contacté, alors, c'est moi qui vous contacte. Il faut que nous ayons une conversation tous les deux. Je crois comprendre que vous partez bientôt ?

— Le vaisseau sera bientôt prêt, dit Blake.
— Vous partez pour apprendre.
— C'est vrai, dit Blake.
— Tous les trois ?
— Tous les trois, dit Blake.
— J'y ai souvent pensé, dit l'esprit de Théodore Roberts, depuis qu'on m'a informé de votre situation. Le jour viendra, bien entendu, où vous ne serez plus trois, mais un seul.

— Je le crois, dit Blake, mais ça prendra très, très longtemps.

— Le temps ne compte pas pour vous, dit l'esprit de Théodore Roberts. Ni pour vous, ni pour moi. Vous avez un corps immortel qui ne peut mourir que par la violence. Je n'ai pas de corps, de sorte que je suis invulnérable à la violence. La seule chose qui puisse me tuer, c'est l'anéantissement de la technologie qui maintient mon esprit en vie.

Et, pour vous, la Terre ne compte pas non plus. Je crois qu'il est très important que vous reconnaissiez cette vérité. La Terre n'est qu'un point dans l'espace, — un point minuscule et insignifiant.

Quand on y pense, il y a très peu de choses qui comptent vraiment dans cet univers. Après avoir tout passé au crible, on réalise que la seule chose qui compte est l'intelligence. Si vous cherchez le dénominateur commun de l'univers, cherchez l'intelligence.

— Et la race humaine ? demanda Blake. L'humanité ? Elle ne compte pas non plus ?

— La race humaine, dit la voix précise et glacée, compte parce que c'est un fragment d'intelligence. Ce n'est pas l'être humain, ou tout autre sorte d'être qui compte.

— Mais l'intelligence...

Blake ne termina pas sa phrase.

A quoi bon, se dit-il, présenter un autre point de vue à cette chose avec laquelle il parlait. Ce n'était pas un homme, mais un esprit désincarné, autant influencé par son milieu qu'un être de chair et d'os pouvait l'être par le sien. Coupé du monde matériel, ne se souvenant du monde matériel qu'aussi vaguement, peut-être, qu'un adulte se souvient du bébé qu'il fut, l'esprit de Théodore Roberts existait dans un monde à une dimension. Petit monde aux paramètres souples, mais monde où rien ne se passait, sinon en tant qu'exercice intellectuel.

— Que disiez-vous, — ou plutôt, que vouliez-vous dire ?

— Je suppose, dit Blake, ignorant la question, que vous me dites cela...

— Je vous dis cela, dit Théodore Roberts, parce que je sais que vous devez être très éprouvé et très perplexe. Et comme vous êtes une part de moi-même...

— Je ne suis pas une part de vous-même, dit Blake. Vous m'avez donné un esprit, il y a deux cents ans. Cet esprit a changé. Ce n'est plus votre esprit.

— Je pensais... dit Théodore Roberts.

— Je sais. C'est très gentil de votre part. Mais ça ne me sert à rien. Le cordon est coupé. Il le faut. Je n'ai pas le choix. Il y a trop de gens qui ont contribué à me former, et je ne peux pas me déchirer en pièces pour donner son dû à chacun, — ni à vous, ni aux biologistes qui ont conçu les plans, ni aux techniciens qui ont fabriqué la chair, les nerfs et les os.

Il y eut un silence, et Blake ajouta vivement :

— Pardonnez-moi. Je n'aurais peut-être pas dû parler comme ça. J'espère que vous n'êtes pas en colère.

— Pas en colère, dit l'esprit de Théodore Roberts. Plutôt soulagé. Maintenant, je ne m'inquiéterai plus, je ne me demanderai plus si mes tendances et mes préjugés ne vous desserviront pas. Mais je saute du coq-à-l'âne.

Il y a pourtant une chose que je voudrais vous dire, une chose que vous devez savoir. Vous étiez deux. Il y avait un autre homme synthétique qu'on avait envoyé dans l'espace.

— Je le sais, dit Blake. Je me suis souvent demandé... Qu'est-ce que vous savez de lui ?

— Il est revenu, dit l'esprit de Théodore Roberts. On l'a ramené. Dans le même état que vous.

— Vous voulez dire, en animation suspendue ?

— Oui. Mais dans ce cas, le vaisseau est rentré, quelques années après son départ. L'équipage était terrorisé par ce qui était arrivé et...

— Alors, je n'ai causé de surprise à personne ?

— Si, je crois que vous avez surpris. Car personne n'a établi un rapport avec ce qui s'était passé il y a si longtemps. Très peu de gens connaissaient ces faits à l'Administration Spatiale. Ce n'est que très peu de temps avant votre évasion de l'hôpital, après les débats sur la biotechnique, qu'on a commencé à se demander si vous ne seriez pas l'autre. Mais avant qu'on ait pu faire quelque chose, vous aviez déjà disparu.

— Et cet autre, il est toujours sur la Terre ? L'Administration Spatiale l'a récupéré ?

— Je ne crois pas, dit l'esprit de Théodore Roberts. Je ne sais pas exactement. Il a disparu, c'est tout ce que je sais.

— Il a disparu ! Vous voulez dire qu'ils l'ont détruit ?

— Je ne sais pas.

— Vous devriez le savoir, bon Dieu, hurla Blake. Dites-le-moi ! Je mettrai tout sens dessus dessous, je le retrouverai...

— Ça ne servira à rien, dit Théodore Roberts. Il n'y est pas. Il n'y est plus.

— Mais quand a-t-il disparu ? Depuis combien de temps ?

— Il y a quelques années. Bien avant qu'on vous ramène de l'espace.

— Mais d'abord, comment savez-vous tout ça ? Qui a dit...

— Nous sommes des milliers ici, dit Théodore Roberts. Ce que sait l'un de nous est à la disposition de tous les autres. Il y a peu de choses que nous ne sachions pas.

Blake se sentit écrasé par la vanité de tout cela. L'autre avait disparu, disait Théodore Roberts, et il était bien placé pour le savoir. Mais où ? Mort ? Séquestré quelque part ? Renvoyé dans l'espace ?

Le seul homme, le seul être dans tout l'univers dont il aurait pu se sentir proche, — et cet homme avait disparu.

— Vous en êtes sûr ?

— J'en suis sûr, dit Théodore Roberts.

Après un silence, Roberts demanda :

— Vous retournez dans l'espace ? Vous avez décidé d'y retourner ?

— Oui, dit Blake. Je crois que je suis enfin décidé. Je n'ai plus rien à faire sur la Terre.

Et il le savait qu'il n'y avait plus rien à faire sur la Terre. Si l'autre était parti, rien ne l'intéressait plus sur la Terre. Elaine Horton avait refusé de lui parler, et son père, autrefois si cordial, lui avait dit au revoir d'un air froid et cérémonieux, et Théodore Roberts n'était qu'une voix glacée, venant du vide d'un monde à une dimension.

— Quand vous reviendrez, dit Théodore Roberts, je serai toujours ici. Téléphonez-moi, s'il vous plaît. Vous me téléphonerez ?

Si je reviens, pensa Blake. Si vous êtes toujours ici. S'il y a quelqu'un ici. Et si ça vaut la peine de revenir sur la Terre.

— Oui, dit-il. Bien sûr que je vous téléphonerai.

Il tendit la main et tourna le manette pour couper la communication.

Et il resta là, immobile dans l'obscurité et le silence, sentant la Terre s'éloigner de lui, s'éloigner en décrivant un cercle de plus en plus large qui, finalement, le laissait seul.

CHAPITRE XXXV

Ils avaient laissé la Terre loin derrière eux. Le soleil se rapetissait, mais c'était toujours le soleil, et pas encore n'importe quelle étoile. Le vaisseau tombait dans l'immense tunnel des vecteurs gravitationnels, qui, dans peu de temps, accroîtraient sa vitesse au point que les étoiles sembleraient changer de trajectoire et de couleur, puis il commencerait la lente transition qui l'amènerait dans cet autre univers qui existe au-delà de la vitesse de la lumière.

Blake était assis au poste de pilotage, regardant l'espace qui s'étendait à l'infini au-delà de sa vitre convexe. Tout était si calme, pensa-t-il, si calme et paisible, — monotonie du vide qui s'étendait entre les étoiles. Bientôt, il se lèverait et irait faire sa ronde, pour s'assurer que tout allait bien. Il savait à l'avance que tout irait bien, d'ailleurs. Dans un vaisseau de ce genre, rien ne pouvait clocher.

— Je rentre chez moi, chuchota Chercheur dans l'esprit de Blake. Je rentre chez moi.

— Mais pas pour longtemps, lui dit Blake. Juste le

temps de rassembler les faits qui nous ont échappé la dernière fois, ceux que tu n'avais pas eu le temps de rassembler. Puis nous irons ailleurs, pour que tu puisses sonder d'autres étoiles.

Et ainsi de suite, toujours de l'avant, pensa-t-il, ils iraient moissonner d'autres étoiles, et confieraient les faits obtenus à l'ordinateur biologique qu'était l'esprit de Penseur. Recherchant sans relâche les indications et les signes qui leur permettraient de réduire l'univers à un plan compréhensible. Et que trouveraient-ils ? Beaucoup de choses, sans doute, que personne ne pouvait prévoir.

— Chercheur a tort, dit Penseur. Nous n'avons pas de Patrie. Nous ne pouvons pas avoir de patrie. Convertisseur s'en est déjà aperçu. Avec le temps, nous comprendrons que nous n'avons pas besoin de patrie.

— C'est le vaisseau qui sera notre patrie, dit Blake.

— Pas le vaisseau, dit Penseur. Si vous voulez absolument avoir une patrie, que ce soit l'univers. L'espace tout entier est notre patrie. Tout l'univers.

En substance, c'est peut-être cela que l'esprit de Théodore Roberts avait essayé de lui dire, pensa-t-il. La Terre n'est qu'un point dans l'espace, avait-il dit. Et aussi les autres planètes, évidemment, et toutes les autres étoiles, — des points de matière et d'énergie, concentrés en certains lieux de l'espace, et séparés par le vide. L'intelligence est la seule réalité, avait dit Roberts ; la seule valeur. Non la vie seule, la matière ou l'énergie, mais l'intelligence. Sans l'intelligence, toute cette matière dispersée, toute cette énergie flamboyante, tout ce vide infini n'avaient aucun sens. C'est l'intelligence seule qui donnait leur sens à la matière et à l'énergie.

Et pourtant, pensa Blake, ce serait bon d'avoir un port d'attache au milieu de ce vide, un globule d'énergie qu'on puisse désigner, ne serait-ce que mentalement, comme sa patrie, — d'être relié à quelque chose, et de pouvoir s'y référer.

Assis dans son fauteuil, il regardait l'espace, se souvenant de cet instant où, dans la chapelle, il avait senti pour la première fois qu'il n'avait pas de patrie, — l'instant où il avait compris qu'il n'avait sa place ni sur la Terre, ni ailleurs, ni nulle part ; qu'il ne pouvait pas être de la Terre quoique issu de la Terre ; qu'il ne pouvait pas être humain, quoique ayant une forme humaine. Mais il réalisait aussi maintenant que cet instant lui avait appris que, tout apatride qu'il était, il n'était pas seul, et qu'il ne serait jamais seul. Il avait les deux autres, et il avait beaucoup plus que ça. Il avait l'univers, et toutes les idées, toutes les inventions, tous les ferments intellectuels qui y avaient jamais éclos.

La Terre aurait pu être sa patrie ; il avait le droit d'exiger que la Terre soit sa patrie. Un point dans l'espace, pensa-t-il. Et c'était vrai, — la Terre n'était qu'un point minuscule dans l'espace. Mais quelle que fût sa petitesse, l'homme avait besoin de sa lumière et de son amitié. L'univers ne suffisait pas, c'était trop et trop peu. L'homme de la Terre défendait quelque chose, possédait une identité. Mais l'homme de l'univers était perdu parmi les étoiles.

Il entendit un bruit de pas, bondit sur ses pieds, et se retourna.

Elaine Horton se tenait sur le seuil de la porte.

Il fit un pas vers elle, puis s'arrêta, pétrifié.

— Non ! hurla-t-il. Non ! Vous ne savez pas ce que vous faites.

Une passagère clandestine, pensa-t-il, — une mortelle à bord d'un vaisseau immortel. Et elle avait refusé de lui parler, elle...

— Mais si, dit-elle, je sais ce que je fais. Je suis parfaitement à ma place.

— Vous êtes un androïde, dit-il avec amertume. Un

humain synthétique, envoyé pour me rendre heureux.
Tandis que la véritable Elaine...

— Andrew, dit-elle, je suis la véritable Elaine.

Il fit un geste, et soudain elle fut dans ses bras, et il la serrait très fort, tous les muscles douloureux du bonheur de sa présence, du bonheur d'avoir un être humain près de lui, du bonheur de sentir un être cher tout contre lui.

— Mais c'est impossible, cria-t-il. C'est impossible. Vous ne savez pas tout. Je ne suis pas humain. Je n'ai pas toujours cette forme. Je me change en d'autres choses.

Elle leva la tête et le regarda.

— Mais je le sais, dit-elle. Vous ne comprenez pas. Je suis l'autre.

— Il y avait un autre homme, dit-il d'un air stupide. Il y avait...

— Ce n'était pas un homme. C'était une femme. L'autre était une femme.

C'était cela, bien sûr, pensa-t-il. Théodore Roberts, qui n'était pas au courant de tout, avait parlé d'un autre homme.

— Et Horton ? Vous êtes la fille de Horton ?

Elle secoua la tête.

— Il y a eu une Elaine Horton, mais elle est morte. Elle s'est suicidée d'une façon assez horrible et pour des raisons plutôt sordides. Cela aurait ruiné la carrière du sénateur.

— Alors vous...

— Oui, je n'en savais rien, d'ailleurs. Quand le sénateur s'était mis à faire des recherches au sujet du projet loup-garou, il a découvert mon existence. Il me vit et fut frappé de ma ressemblance avec sa fille. A cette époque, j'étais en animation suspendue depuis des années. Nous sommes des gens épouvantables, Andrew. Nous nous sommes révélés très différents de ce que nous devions être.

— Je sais, dit-il, je sais. Mais maintenant, je suis plutôt content que nous le soyons. Ainsi, vous saviez...

— Non, c'est tout récent, dit-elle. Le sénateur tenait l'Administration Spatiale en son pouvoir. Ils voulaient absolument garder secrète l'histoire du projet loup-garou. Et le jour où il est arrivé, éperdu de désespoir à la mort de sa fille et à l'idée que sa carrière était ruinée, ils m'on donnée à lui. J'ai toujours pensé que j'étais sa fille. Je l'aimais comme un père. On m'avait fait un lavage de cerveau, et conditionnée pour me faire penser que j'étais sa fille.

— Il devait avoir une influence énorme. Pour arriver à dissimuler la mort de sa fille et vous prendre...

— Il était un des seuls à avoir autant d'influence, dit-elle. C'était un homme adorable, un père merveilleux, mais il devenait très brutal dès qu'il s'agissait de politique.

— Vous l'aimiez ?

Elle hocha la tête.

— Oui, Andrew. A bien des égards, je le considère toujours comme mon père. Personne ne saura jamais l'effort que ça lui aura coûté de me dire la vérité.

— Et vous ? Ça vous a beaucoup coûté, aussi.

— Ne comprenez-vous donc pas que je ne pouvais plus rester, dit-elle, je ne pouvais pas, c'est tout. J'aurais été un monstre, comme vous. Et quand le sénateur serait mort, qu'est-ce que je serais devenue ?

Il hocha la tête, comprenant ses sentiments, et pensant à deux êtres, deux êtres humains, placés en face de cette décision.

— Et puis, dit-elle, ma place est auprès de vous. Je crois que je l'ai su dès le moment où vous êtes entré, tout trempé et transi, dans la vieille maison de pierre.

— Le sénateur m'avait dit...

— Que je ne voulais pas vous voir, que je ne voulais pas vous parler.

— Mais pourquoi ? demanda-t-il. Pourquoi ?

— Ils voulaient vous effrayer, dit-elle. Ils avaient peur que vous ne partiez pas, que vous cherchiez à vous accrocher à la Terre. Ils voulaient que vous pensiez que vous ne laissiez rien derrière vous, sur la Terre. Le sénateur, et l'esprit de Théodore Roberts, et tous les autres. Parce qu'il fallait que nous partions, voyez-vous. Nous sommes les instruments de la Terre, le cadeau de la Terre à l'univers. Si les intelligences de l'univers doivent jamais découvrir ce qui se passe, ce qui s'est passé et ce qui se passera dans le cosmos, si elles doivent jamais découvrir les secrets de tout, nous devons être là pour les aider.

— Mais alors, nous appartenons à la Terre ? La Terre nous reconnaît...

— Bien sûr, dit-elle. Maintenant qu'ils savent qui nous sommes, la Terre est fière de nous.

Il tenait son corps serré contre le sien, et il savait qu'enfin et à jamais, la Terre était sa patrie. Où qu'ils aillent, l'humanité serait à leurs côtés. Car ils étaient les prolongements de l'humanité, la main et l'esprit du genre humain partis à la découverte des mystères de l'éternité.

*Achevé d'imprimer en février 1993
sur presse CAMERON
dans les ateliers de la S.E.P.C.
à Saint-Amand-Montrond (Cher)
pour le compte des Éditions Denoël*

— N° d'édit. 3953. — N° d'imp. 524-407. —
Dépôt légal : février 1993.
Imprimé en France

3953